癒やしのお隣さんには秘密がある

梅澤夏子

PHP
文芸文庫

○本表紙デザイン＋ロゴ＝川上成夫

癒やしのお隣さんには秘密がある　目次

新しい住居人

アパートのお隣さんが引っ越してから三日。

もう新しい住居人が決まったみたいで、休日の今日、朝から引っ越し屋さんが階段を行ったり来たりしている。

前のお隣さんは仲睦《むつ》まじい老夫婦で、孫と歳が近いからと一人で暮らす私をご飯に招待してくれたり、お菓子や漬け物をくれたり、いろいろと良くしてくれた。

二世帯住宅へと家を改築した親孝行な息子夫婦が二人を迎えに来た時には、仲良くしてくれたお礼にって段ボールいっぱいのみかんまでくれて。

本当に良い人達だったな……。ご近所トラブルは面倒だから、次に来る人ともうまく付き合えたらいいんだけど。

完食したみかんの皮をゴミ箱に捨てようとベランダから室内に戻った。

小さい頃からうちはド貧乏の借金地獄。

親には大学進学は諦めて働いてくれと言われていて、高校を卒業してから社会に出て働いた。

ただ仕事運は悪くないみたいで、派遣会社に登録してからすぐに保険会社の事務の仕事を紹介してもらえたし、真面目《まじめ》な勤務態度が功《こう》を奏《そう》して、働き始めてから三年後には正社員として迎えてもらえた。

朝から夕方までデータ入力処理と書類作成、電話対応にファイリング。コピーや先輩方へのお茶汲《く》み、掃除等の雑用も文句無しに誠意を込めてするし、残業だってする。

今までの境遇から考えると、安定した収入を得られるって事自体が感謝でしかないから、他の人が嫌がる仕事も私は進んで引き受ける。

と、バカ真面目に思っていたのは正社員になった一年目だけで、今はなんでもかんでもよろこんでーって引き受けた間抜《まぬ》けな自分にちょっとだけ後悔している。

みんななんでもかんでも私に押し付けてくる。

蓬田《よもぎだ》に頼めば何でもやってくれるって思い込んでる。

いいかお前ら！　私はもう純粋で無垢《むく》だった昔の私じゃないのよ！　自分の仕事は自分でやれ！　私はもうやらないから！　断るから！

「蓬田ぁ！　これ、早急に十五部コピーしてまとめてくれるー？」

「はぁーいっ」

って私のバカァァー……。

反射的に了承してしまった自分と面倒な仕事を頼んできた細田《ほそだ》さんに心の中で悪態を吐きつつ、顔だけはヘラヘラ笑いながら資料を受け取った。

実際の所、私は高卒コンプレックス。

正社員として働いてはいるけど、周りのみんなには内心バカにされてるのだろうと卑屈になってしまい、腹を割った話なんてできやしない。

何かあったら一番に首を切られるのは高卒の自分だろうといつも不安で、嫌でも頼まれた事は引き受けてしまう。

当たり障りのないように。ポイントを稼《かせ》ぐように。

鈍《にぶ》い音を放つコピー機をぼんやり眺《なが》めながら溜息を吐き出し、凝《こ》り固まった首を回す。いやぁ……それにしても本当に……。

「疲れてんなぁ」

気持ちを代弁してくれたのは先輩の坂本《さかもと》さん。隣に並んで顔を覗《のぞ》いてきた。

「目の下、隈《くま》できてんぞ。お前、昨日も残業したんだろ？　断りゃいいのによ」

「残業手当出ますから。すればするだけ給料が上がるんです。断る訳がないです」

「……金かぁ」

「お金です」

そう、世の中お金。

「まあ、あんま無理すんなよ。折角金が稼げたって、倒れたら本末転倒だかんな」

坂本さんはちゃらそうな笑みを浮かべ、持ってた書類の束でポンと軽く頭を叩いてから、自分のデスクへ戻っていった。

無理かどうかで言えば、そろそろ無理な感じもしなくないけど、両親を借金からはやく解放してあげたいし、弟には大学に進学してほしい。

だから稼がないと。

コピーを終えてデスクに戻り、今度は書類をまとめていく。

「先輩先輩、ちょっとこれ見て下さいよぉ」

キャスターを転がして私に寄ってきたのは今年入社した新人の田辺真奈美《たなべまなみ》。

礼儀正しくて勤務態度も真面目なのに、小悪魔的な魅力もあってなかなか可愛い。

最初はどうせこの人も私をバカに……なんて思い込んでいつも通り距離を置いていたけど、彼女はそんな私の警戒心すら溶かしてしまうくらいのいいコで、「先輩先輩ぃ」と私を慕《した》ってくれるのだ。

いつの間にか会社の中では一番仲がいいと言える間柄になっていた。

田辺さんが見せてくるスマホの画面に視線を向けた。ピンク丸字の『恋愛運』に意識が移る。

「今月の恋愛運、めちゃくちゃいいんですよ！」

「へぇ。それはよかったね」

「結婚に繋がるような出会いのチャンスに恵まれる月なんですって！　モテるらしいですよ今月！」

「……今月に限らず毎月モテてるでしょ」

「ええ、そんなことないですよ。先月だって彼氏にフラれたんですよ？」

半年付き合っていた彼氏に突然フラれたと泣きじゃくって落ち込んでいた彼女を、バーに誘って延々と話を聞いてあげたのは二週間前。

次の恋を待ちわびるくらいには傷心から回復しているみたいでよかった。

「先輩の恋愛運も占いましょうか？」

「……私はいいや」

「そうですか？　先輩って恋愛の話、あんま興味ないですよねぇ」

用はなくなったとばかりに再びキャスターを転がしてデスクに戻った田辺さん。

ホッチキスで書類をまとめながら、小さな溜息を吐いた。

別に恋愛に興味がないわけじゃない。私だって恋人は欲しいし、お互い励《はげ》まし合い支え合い、時にはイチャイチャしたい。憧《あこが》れはそれなりに強かった。

だけど、どうも私は恋愛運には恵まれていないらしい。

高校卒業後に付き合っていた人はいたけど、急に音信不通になって自然消滅して以来彼氏はいないし、出会いがないわけではないけど、とにかく恋愛に発展しない。

自分からアピールも頑張ってみたけど、どうも成果が出ない。

最初こそ焦《あせ》っていたけど、二十五になったこの頃、焦りは諦めに変わった。

私の恋愛運は仕事運にごっそり持ってかれたんだと割り切ったのだ。

今日も残業を一時間してから帰路に就いた。

満員電車でもみくちゃにされ、スーパーに寄って買い物をし、やっと帰宅。

私の住処《すみか》は八畳の部屋にキッチン、トイレとシャワーだけの風呂場があるボロアパートの二階の一番端。

家具などにお金は使いたくなくて、中古や知人からの貰い物で出来上がった部屋は、可愛さ皆無で正直誰も招きたくない。

それでも高校卒業から六年間住んでいる訳で愛着はあるし、帰ってくればやっと自分の居場所に戻って来れたと心が落ち着くものだ。

買ってきた半額のお弁当を食べてからシャワーを済ませて、ＴＯＥＩＣの勉強をしようと教材を開いたところでドアのノック音が響いた。

こんな遅くに誰だろう。

仲良し老夫婦が隣に住んでいた時は、よくこの時間帯に夕飯のお裾《すそ》分けなどを届けに来てくれていたけど、もう引っ越してしまったから違うはず。

緊張しながらドアスコープを覗く。

男性がいる。

暗くて顔はよく見えないけど、白いワイシャツときっちりめにセットされた髪から、不審者ではなさそうだと判断しつつも、一応警戒はする。

「どちら様でしょうか？」

「……遅くにすみません。先日隣に引っ越してきた者です。ご挨拶したくて」

ああ、なんだ。新しいお隣さんだったのか。

途端に安堵《あんど》し、今度は彼がやたらといい声の持ち主であることに気付く余裕も生まれた。

恋愛運なんて私にはないと諦めたといっても、やはり本能は嘘がつけない。声で若い男性なんだとわかると、別の意味で緊張してきた。

「今開けますね」

ドアを開けてその姿を見た途端、瞳孔《どうこう》が開いた。……いや、待って。なんなんですかこのイケメン。私のタイプど真ん中を貫くイケメン。

涼し気な目元に筋の通った鼻、形のいい唇。左の目の下には小さな涙黒子《なみだぼくろ》。長身で肩幅は広く、スラッとしているのに逞《たくま》しそうで。身につけている物は全てが高級品だとわかるもの。

気品さと爽やかさと男らしさを兼ね備えた、究極の美丈夫。

それが第一印象だった。

「初めまして」

うわ、声が震えちゃった。

その声が可笑《おか》しかったからなのか、美丈夫はただ私を凝視してくる。……しかもなんだろう、なんかどことなく感動に打たれているような表情。

「あの？」

「あ、すみません。引っ越してきたのは四日前なのですが、挨拶が遅れてしまって申し訳ないです」

「いえっ。引っ越したばかりは部屋の整理とかで忙しいでしょうから、落ち着いてからで大丈夫ですよ」

「優しいっ……」

「へ？」

「あ、いえ。僕は仁科蒼真《にしなそうま》と言います」

わあ、名前までかっこいい……。

「蓬田です。よろしくお願いします」

「よろしくお願いします。あの、これつまらない物なんですが、よかったらどうぞ」

「あ、ありがとうございます」

手渡されたのは高級店と予想のつく紙袋。

「あの、このアパートボロくて、修理とか点検とかあまりされてないんですよ。だから、もし何か困った事あったら遠慮なく言ってくださいね。私、ここ長いので大家さんとはそれなりに仲がいいんです。すぐになんとかするように言いますから」

釣りとパチンコが大好きな五十代の大家さんとは度々部屋の事で口論していたけど、いい加減な私の父と重なる所が多いことと六年の歳月のせいで、すっかり憎めない存在になってしまった。

「ありがとうございます。何かあったらすぐに蓬田さんに相談させて頂きます」

「はい、いつでも」

それにしてもここまでホームラン級のドタイプと会話するのってドキドキしてしまうものだ。

「では、これからよろしくお願いしますね」

「はい、よろしくお願いします。では、また」

静かにドアを閉め、足音が消えてから鍵を閉めた。

久しぶりにトキめいたからか、緊張していた気持ちがやや緩んでその場にしゃがみ込んだ。

やば。イケメン。しかもすごいタイプのイケメン。それが私の隣に？　やば。やばいでしょこれ。え、もしかしてこれは。

恋愛運、上がってる感じ⁉

はわわっ！　と尻餅までついてしまったけど、そこはやっぱり何年も恋愛と縁のなかった私。舞い上がり切る前に自分を抑える事ができた。

いくらイケメンがお隣さんになったからって、これが恋愛に発展する可能性は低いでしょ。今まで何回期待しては心が折れたか。

変な期待はしない。絶対しない。イケメンが隣で暮らしてるっていう謎の優越感だけで贅沢だわ。

畳の上に正座してから、やっと紙袋の中を確認した。

定番のタオルが入っていた。ブランドに疎《うと》いからどこのものかわからないけど、梱包箱の質とタオルの肌触りの良さと、彼のイメージから勝手に、たっかいやつやん、って思った。

朝起きたとき、昨日の出来事は夢だと思った。

だってよく考えてみたら、あんな金持ちそうな身なりをしている人がこんなおんボロアパートを住処《すみか》に選ぶなんておかしくない？　って。

けれど、出社準備をして玄関のドアを開けたとき、同時にお隣のドアも開いて、出てきたのはやっぱりあのイケメン、仁科さんだった。

「おはようございます」

わぁ、朝から眼福。耳福。

夢じゃなかったんだ。本当にイケメンがお隣さんになったんだ……。

「おはようございます。これからお仕事ですか？」

「はい。蓬田さんも？」

「はい」

「今日も頑張りましょうね」

「はい」

爽やかに笑う姿はもはや癒《い》やしだ。さっきまでまじ会社行きたくねーって思ってたのに、この笑顔と言葉を頂いただけでよぉっし、お仕事頑張っちゃお☆　って気分にさせられた。

鍵をかけて同時に歩き出せば、自然と横並びに。

いつ崩れてもおかしくないような鉄骨階段に二人分の足音が響いた。いつもはうるさい音だと思うのに、今朝は妙に耳に心地良い。

なんだろな……、イケメンって足音までイケメンなの？

「仁科さんの通勤手段はなんですか？」

「僕は車です」

「そうなんですか。私は電車なんです」

「もし良かったら駅までお送りしましょうか？」

「……へ？　あ、いえ。ありがたいのですけど、実は運動もかねて駅までは歩こうって決めてるんです。会社で座ってることが多いので」

イケメンと短距離ドライブも捨て難いけど、最近お尻が気になってきたし……。

「そうですか。もし車が必要になったらいつでも言って下さいね」

「ありがとうございます」

それにしてもイケメンってやっぱり余裕があるからなのか、器が大きいなぁ。

「車はどこに置いてるんですか？」

「そこです」

指された指を追いかけて、そこにあるものを見て絶句した。

なんて車が……！

アパートの脇には一階の佐藤《さとう》さんの軽トラと鈴木《すずき》さんの事故車（辛うじて動く）それから錆《さ》び付いた自転車と子供用の自転車が雑に置いてある。

おんボロアパートによくある光景だ。

そこに場違いな光沢のある高級車が一台、堂々と停車してあった。

なんという違和感……。

仁科さんってめちゃくちゃ高所得者なんじゃ……。でもそうなると、やっぱり腑《ふ》に落ちない点がある。

「あの、仁科さんって、お金に困っていなさそうなのに、なんだってこんなアパートを選んだんですか？」

高級車を所有できるくらい所得があるなら、わざわざゴキブリ絶賛大繁殖の家賃三万円ボロッボロアパートじゃなくてもいいはずなのに。

「それは……。……ちょっと事情がありまして」

言葉を濁《にご》した仁科さんに、訳ありなんだと気付いた。

いや、いいと思う。イケメンの訳あり。華やかな外見の裏には人に言えない翳がある……。わぁ……凄くそそるものがある。

母性本能すらくすぐられて、ますます仁科さんの素敵度が上がった。

「まあ、あの、いろいろありますよね！　何があるのかわかりませんが、大丈夫ですよ！　生きてるだけで丸儲けってやつです」

空気を切り替えようと然程《さほど》深い意味もないけど適当に言えば、仁科さんに束の間《つかま》凝視され、ややあってから「はい、本当にそうですね」と強烈に素敵なスマイルをお見舞いされた。

はあ……癒やし。


それから仁科さんと別れて会社に出勤した。

いつもの満員電車も雑用を押し付けられながらの仕事も、朝からイケメンとほんの一時を過ごせただけで、まるで効果抜群の栄養ドリンクを飲んだみたいに力が漲《みなぎ》っていて、しかも気分までいいんだから、本当にイケメンは偉大だ。

「先輩、なんかいい事ありました？」

お、田辺さんにもわかっちゃったか。

「あのね、そんなに大した事じゃないんだけど。隣に引っ越してきた人がかっこ良かったから、朝から眼福で」

「ええ～まじですか？　羨《うらや》ましい！　彼女いるんですか？」

「彼女は……。どうなんだろう。でもあんなにかっこいいんだから、絶対いると思う」

「えー。彼女いるなら駄目《だめ》じゃないですかぁ」

さては彼氏候補にするつもりだったな。

「見るだけならただでしょ？　朝からちょっと話せたから気分がいいの」

「なぁんだ。先輩もやっぱり恋愛に興味あったんじゃないですかぁ」

「これは恋愛とは違うよー」

「まあ、まだ引っ越してきたばっかりでお互い何も知らない状態ですからね。これからですよ、これから」

「ちなみに彼女いなかったらあたしにも紹介してくださいね」と小悪魔的な笑みで一言囁《ささや》いてから、田辺さんは目の前の仕事に取りかかった。


今日は定時で上がれた。

はやく帰れる日はたまにファミレスに寄って晩ご飯ついでに勉強をしている。

高卒だからってバカにされたくないのと、万が一解雇された時に焦らないように私はいろんな資格を取得している。

ＴＯＥＩＣ、簿記検定、情報検定、数学検定、日本語検定、日本漢字能力検定、

それから歴史能力検定。あまり役に立たないけど、こころ検定とアロマテラピー検定も。

前に受けたTOEICが目標点にいかなかったから、今はTOEICを集中して勉強中。

頼んだパスタを咀嚼《そしゃく》しながら教材を睨《にら》み、問題を解いては答案確認。気付いた時には九時を回っていた。

他のお客さんの声で騒がしいけど、やっぱり家より集中できる。

家に着いてシャワーを浴びようと服を脱いでいると、バタンと鈍い音が聞こえた。お隣さんが帰ってきたのかな。部屋を歩く音が僅《わず》かに聞こえてくる。

ボロアパートというものは壁が薄くて、隣人の生活音が筒抜けだ。

老夫婦が隣にいた時はよくテレビの音が聞こえてきたけど、幸い、迷惑と呼べる程の雑音はなかった。一階に住んでる住居人達はしょっちゅう雑音が原因で揉《も》めているけど。

今までも注意はしてたけど、仁科さんが不快に思わないように音には注意しよう。

シャワーを浴び、髪をタオルドライしながらベランダに出た。

お盆も終り夜の空気は涼しくなってきて心地がいい。ここで外の空気を吸いながらビールを飲むのが私の日課で小さな贅沢だ。

この場所は都心から離れているため静かで、他の住居とも間隔がけっこう空いているから、私生活を覗かれたり不注意で覗いたりする心配もないし、そういうところは結構気に入っている。

缶ビールを開けてグビッと飲む。あぁ、もうたまらん。

「ハアー……」と息を吐き出したとき、隣から引き戸がスライドする音が聞こえた。これは、お隣さんもベランダに出た音だ。

ベランダとの間に隔《へだ》て板があるので、直接姿は見えないが、あの麗《うるわ》しい仁科さんが隣にいるんだと思うと急に身が引き締まって、缶をぎゅうと両手で握《にぎ》った。

プシュ、と音がした。

……もしかして、仁科さんも缶ビール飲んでたり？

なんとなく聞き耳を立ててると、喉を鳴らす音の後に「ハァ……」と聞こえて。あ、これ絶対ビンゴだと、思わず吹き出してしまった。

「……蓬田さん？」

「あ、はい。すいません。あの、もしかしてビール飲んでますか？」

「はい。……どうして？」

「缶を開けて飲む音がしたので。実は私も今飲んでるんですよ、ビール」

「そうなんですか？　偶然ですね」

声に出して笑ったら、隣からも笑い声が聞こえた。

「あの……、少しそちらを覗いてもいいですか？」

「へ？」

「隣にいるのに声だけで会話してるのは、なんだか不思議で」

確かにちょっと不思議な感じだ。

でも覗かれる、なんてちょっと恥ずかしいから。

「じゃあ、お互いちょっとだけ顔を出してみませんか？」

おずおずと提案しながら、ベランダの手すりより顔を前に出し、ぎこちなく隣を向いてみた。

ドキンとしてしまったのは、そこに同じ動作をしていた仁科さんがいて、目が合ったからだ。朝見たときと同じ白いワイシャツの袖を肘の辺りまで捲《まく》り上げている。

「こ、こんばんは」

「こんばんは」

ひぇー。手すりに肘を置いてビールを持つ仁科さんもかっこいい。

「あ。しかもビールの銘柄も同じじゃないですか」

偶然が重なったのが面白くて、二人でクスクスと笑い合った。

「仁科さん、今まで仕事だったんですか？」

「あ、……はい。やらないといけない仕事があって」

「そうだったんですね。大変でしたね。お疲れ様です」

「いえ、使命感のある仕事なので苦じゃないですよ」

ちょっぴり照れくさそうに笑うところ、可愛過ぎか。

「……髪がまだ濡れていますね。乾かさないと風邪引きますよ」

「そうですね。ビール飲んだら乾かします」

「……じゃあ、ビール飲み終えるまで、僕と話しませんか？」

「私で良ければお付き合いします」

「……ありがとう、ございます」

はい、だからその照れ笑い、可愛過ぎですから。

「仁科さんは、夜ご飯何を食べたんですか？」

「僕はパスタを食べました」

「本当ですか？　私もパスタ食べたんですよ」

「藤子《ふじこ》さんもですか？」

「本当ですね」

まさか食べた物まで同じとは。って、今藤子さんって言った……。

「あれ、私の名前、なんで……？」

「あ……、大家さんと話したとき、お隣は蓬田藤子さんっていって歳が近い女性ですよって聞いてたものですから。すみません、藤子って綺麗な名前だと思ってたのでつい、呼んでしまいました。……気に障ったらすみません」

「い、いえっ。気に障るだなんて。むしろ褒《ほ》めて頂いてありがとうございます……」

藤子なんて古くさい名前、あんまり好きじゃなかったけど、お世辞とはいえこんなイケメンに褒めてもらえたら、初めて悪くない名前じゃんって思ったよ。

「それにしても、また偶然が重なりましたね。ちなみになんのパスタでしたか？

私はカルボナーラだったんですけど」

「僕は……、ミートソースでした」

「あ、そこは流石《さすが》に違いましたね」

「はい……」

それでも何か面白くて、私達は小さく笑い合った。

「仁科さんはいくつなんですか？」

「僕は二十八です。藤子さんは？」

あ、藤子さんって呼ぶつもりなんだ。……照れちゃうじゃない。

「私は二十五です。歳が近いですね。このアパートで今まで同年代の人がいなかったので嬉しいです」

「そうですか。お隣同士、ぜひ仲良くして下さい」

「こちらこそ、よろしくお願いします」

「よろしくお願いします」

それから部屋の整理状況とか、ここから花火が見える事があるんですよーとか、近所にあるお店とかの話をしてるうちに、気がついたら二人ともビールが空《から》になってしまった。

たわいもない話だったのに、久しぶりに楽しくて。いつもよりゆっくり飲んでいたのは私だけの秘密。

「じゃあ、そろそろ、髪乾かしてきます」

「はい。今日は付き合ってくれてありがとうございます。……また話してもいいですか」

「もちろんです。お隣の仲なんですから、いつでも」

そう返したら彼は嬉しそうに笑ってくれて。

その顔がまぁ目眩《めまい》レベルに素敵過ぎて、なんて贅沢なんだと思った。

胸まで伸びた黒髪をドライヤーで乾かしながら、無意識に口許《くちもと》が緩んでしまう。

はあ……。まじお隣さん、癒やし。

癒やしのお隣さんこと、仁科蒼真さんとは、毎日ゆるりとした時間を過ごすようになった。

会社であったこと、幼少期や学生時代のこと、ご飯の話や趣味の話など、本当にたわいもない雑談をした。

いつも夜、ベランダで。

飲み物を飲み干すまでの数分間。

それが暗黙の了解になっていた。

仁科さんは優しい。人の話を聞き出すのが巧みで、気づいたらいつも私ばかり話をしてしまうのに、それをよく聞いてくれて、頑張りましたね、凄いですね、流石ですねとなんでも肯定してくれる。

ルックスだけでも眼福だっていうのに、包み込んでくれるような優しさまで持っているなんて、もしかしたら人間界に遊びにきた天使なんじゃないかと疑う事も何度かあった。

そんなベランダから顔を出して話すだけの関係が、ほんの少しだけ変わったのは土曜日のことだった。

夕方、いい加減に砂と埃《ほこり》の溜まったベランダを掃除しようと、柄《え》の短い箒《ほうき》で適当に掃《は》いていたら、思いのほか力が入ってしまい、ベランダの隔て板にぶつけて穴を開けてしまった。

ちょうどしゃがんだ時の頭の位置に、成人の頭部よりも少し大きいくらいの穴……。

どうしようと触っていたら、よっぽど古かったのかボロボロと落ちてきて、幼児なら通り抜けられるくらいの穴になってしまった。

やっちまった……と青ざめると同時に、なんて脆《もろ》いんだ、流石ボロアパートと呆れたりもして。

「なんか今すごい音したけど」

引き戸がスライドする音の次に、仁科さんの声がした。

隔て板の穴越しに目があって数秒、お互い目を瞬《またた》いていたけど、先に仁科さんが吹き出し、あとは二人でしばらく笑っていた。

「そんな簡単に穴が開くんですね」

事情を説明すると仁科さんは穴を観察しつつ、たまにこちらに視線を寄越してくる。

「すみません……。穴開けちゃって」

「全然気にしてないから大丈夫ですよ。むしろこれなら、こうやって座りながら話せますよ」

いつもポジティブな発言ばかりしてくれる。穴越しに見るお隣さんの笑顔はやはり癒やしでしかなくて、今日も精神的に恵みを賜《たまわ》っている気分になれる。

それからはベランダに座って、穴越しに会話をするようになった。

穴から覗いて目を合わせるのってちょっと新鮮なせいか、仁科さんと目が合う度にドキドキしてしまった。

癒やしの日々

仁科《にしな》さんが引っ越してきてから三週間が経った。

朝玄関のドアを開けると、隣のドアも開いた。

「あ、おはようございます」

「おはようございます。よく眠れましたか?」

「はい、ばっちりです」

仁科さんがお隣さんになってから不思議とよく眠れるようになって、質のいい睡眠を得られている。これもイケメン効果なのかもしれない。

今日も流石《さすが》、気品のあるスーツの着こなし。

どう見ても超一流のエリート風なのに、こんなおんボロアパートに住んでるのが今でも不思議でならない。

仁科さんってどんな仕事をしてるんだろう。今度それとなく訊いてみよ。

高級車の前でお別れして、私は駅までの道のりを歩いた。

笑えない量のデータ入力を終わらせたと同時にコピーを頼まれた私は、いつものヘラヘラ顔で書類を受け取り、もう愛着すら湧《わ》いてしまったコピー機の前に立っている。

「よう、蓬田《よもぎだ》」

「坂本《さかもと》さん、お疲れ様です」

「ん。てか、まーた雑用押し付けられて、かわいそうに」

「かわいそうって思うなら助けて下さいよ」

「俺も忙しいんだよ、悪いな」

「……確かに忙しそうですね」

両手に持っているドーナツとコーヒーをジトリと睨《にら》みながら皮肉を言えば、坂本さんはニヒヒと少年のように笑った。

もう三十過ぎてるのに、笑うと一気に若返るなぁ。

「ところでお前、最近調子良さそうじゃねーか。彼氏でもできたのか?」

「そういうのセクハラですよ」

「はあ……。ったく最近の奴はすぐにセクハラだパワハラだってうるせーな。そんなこと言われたらなんも話せなくなるだろ。口にガムテープ貼れってか？」

「良い案だと思います」

「なーにが良い案だよ。生意気な奴だぜ、まったく」

ズズッとコーヒーを啜《すす》る坂本さん。

ちょっとウザイところもあるけど、なんだかんだで気にかけてくれるいい先輩だ。

この人とも最初は壁を作って距離を保っていたのに、人の心のテリトリーにずかずかと入り込んでくるような性格なせいか、こちらもいつの間にか素の自分をちょっとだけさらけ出せるような存在になっていた。

坂本さんは趣味が格闘技らしく、ワイシャツの上からでも筋肉質な体が窺《うかが》える。強面《こわもて》ながらワイルドでセクシーだと、密かに女子社員の人気を獲得しているのを本人は気付いているのかいないのか。

とりあえず、私のタイプではない。

「では、コピー終わりましたので失礼します」

わざとらしい笑みに淑女みたいな膝を折る仕草をプラスして、私はデスクに戻った。

「蓬田、ちょっと来てくれ」

「はい」

部長に呼ばれた。うん、嫌な予感しかありませーん。

「なんでしょうか」

「これさ、柏木《かしわぎ》が作成した資料なんだけど、内容に誤りがないか確認してくれないか」

「柏木さんの……」

柏木さんは会社で一番苦手な人だ。

同い年なのだけど、大学新卒で入社した彼よりも、派遣上がりとはいえ六年働いてる私の方が一応先輩で。彼が入社したとき部長に頼まれて指導員をしたのだけど、どうも大卒の自分が高校までしか行っていない人間に教わることはないとその当時から思っていたようで、まあ簡単に言えば、めちゃくちゃナメられていた。

「あいつ仕事速いけどミスが多くてさ。何か気付いた事あったら直接柏木に教えてやってくれない？」

「わかりました」

また、ヘラヘラ顔で引き受けてしまった。

急いで先ほどコピーした資料をまとめ、その後柏木さん作成の資料に目を通す。

誤りがなければ指摘しなくてていいわけだから、どうかミスってくれるなよと祈っていたけど、結局合計二十六もの過誤を見つけ出してしまった。

「あの、柏木さん。ちょっといいですか？」

「何？」

何？　じゃなくて何ですか、がいいと思いますよ！

と脳内では強気に言いつつ、表向きは『謙虚な同僚』を演じる。

「実は先ほど、部長に資料の二重確認をするように言われたんですけど、いくつか誤りがあったので、一応柏木さんにも確認してもらいたいんです」

「……は。なにそれ、二重確認……」

苛立ちを隠す事なく顔いっぱいに表した柏木さんは、渋りつつも私が赤ペンで記入した修正箇所を確認している。

「あの、修正済みの資料はもう作成して部長に渡してあります。今回は確認だけで大丈夫です」

「はあ？　なにそれ、やってあげましたよってこと？　揚げ足取ったつもり？」

「……そういうわけじゃ、ないんですけど」

「じゃあなんなの？　修正した資料を部長に渡したんならわざわざ俺に言う必要なくない？　コンプレックスあるからって仕事できるんだよアピールすんのやめなよ」

部長がそうしろって言ったんですー！　だいたいそちらが何度も何度もミスばっかするからこっちが迷惑被ってんのよ！　虚勢張ってる暇あんなら真面目《まじめ》に働きやがれっ。

などの罵言《ばげん》を脳内だけで喚《わめ》き散らしながら、まだ『謙虚な同僚』を演じる私はへらりとした笑顔で会釈《えしゃく》し、デスクに戻った。

「高卒が……」と背中越しに悪態をつかれたことは、この際聞かなかったことに……してやるかーっ！　ワーッ！　高卒バカにしてるけどその高卒に指摘されたのは紛れも無くあなたですよ！　全国の高卒の爪の垢を煎《せん》じて飲ましてあげましょうかこのヤロー！

思いつくかぎりの悪口を脳内で吐き散らしながら、デスクの椅子に腰を下ろした。

「先輩ぃ、あんなちっせぇ奴の言葉、気にしちゃだめですよ」

着席するなりキャスターを転がし私の元にやってきて囁《ささや》いた田辺《たなべ》さんに、ほんの少しは救われた気がしたけど、やっぱり、うん、ふっつーに傷つきましたよ柏木さん。

凹む気持ちを隠しつつ、それからも真面目に業務に勤《いそ》しんでいたけど、なんども柏木さんの言葉を思い出しては傷ついて。

はやく帰って癒やしのお隣さんとお話ししたい……。

猛烈に癒《い》やしが欲しくて堪《たま》らなかった。

今日は定時で上がれたけど、勉強する気になれなくて家に直帰した。

玄関横の小窓に明かりが見えないから、仁科さんはまだ帰ってきていないらしい。

暗くなるまでまだ少し時間があるから、気持ちを紛らわすためにも今日は久しぶりに自炊した。

冷蔵庫にある食材を適当に選んで、炒飯を作った。

「いただきます」

うん、我ながら味付けだけは天才だと思う。

炒飯を食べ終えても、お皿を洗い終えても、お隣からはなんの音もしない。

今日は残業なのかな……。それとも会社の人達と飲み会？　それとも同窓会？

もしかして彼女とデート……？　今夜は何か予定があるのかな……。

って。……なんか、仁科さんに依存し始めてない？

いくらあのお方が優しいからって、自分の愚痴《ぐち》を聞いてもらって慰めてもらおうなんて情けない考えだ。

「もう今日は一人で飲もう」

　こういう時はあえて一人で飲むのがいいのかもしれないと自分に言い聞かせて、冷えたビールを摑《つか》んでベランダに出た。

　一気に半分も飲んで長い息を吐き出した。

　隔《へだ》て板の穴を覗《のぞ》いてみたけど、やっぱりまだ電気はついていないし、しっかりカーテンが閉じている。しょうがないから空を眺めてみた。

夜空は雲がなくて、心無しか星がいつもより輝いているように感じる。宇宙の存在を思い出すと、我ら人間なんてちっちぇーなぁって思う。

　それにしても、仁科さんまだかなぁ。

　なんとなく浮かんだ童謡の鼻歌を歌っていたせいで、引き戸の音に気がつかなかったらしい。

　ふと視線を感じて隔て板の穴を見れば、なんとそこには仁科さんがいて、どことなく愉《たの》し気な眼差しをこちらに送っていた。

「えっ⁉　いつのまに⁉」

「今帰ってきたんですけど、外から鼻歌が聞こえてきたものですから」

「そうだったんですね……」

恥ずかしさに唇を噛んでいると、ちょっと緊張したような口振りで名前を呼ばれた。

「藤子《ふじこ》さん」

「なんですか？」

「もしかして、僕のこと待ってました？」

「……え」

わーっ、なんで顔が赤くなる！

「待ってたっていうか……。きょ、今日は残業なのかなーとか、彼女とデートなのかなーとか、同窓会なのかなーとか思いながら……。まあ、その、一応待ってはいたんですけど、結局一人で飲み始めてました」

って、なんでそんな嬉しそうに笑うんだろうなぁ。こっちはちょっと恥ずかしいってのに。……かっこいいから許すけど。

「今日はどうしても仕事が終わらなくて。あ、ちなみに彼女はいません」

「……そうだったんですね……」

彼女……、いないんだ。

「今日は藤子さんに渡したい物があるんです。ちょっと待っててください」

部屋に戻った仁科さんは、しばらくしてから戻ってきた。

「はい、これ」

穴から腕が伸びて、手に持っていた物を渡された。

「ん？　……なんですかこれ」

「それ、ストレスぶつける君って名前らしいんですけど、ちょっと強く握《にぎ》ってみて」

言われた通り、野球ボール程のピンクの球体を握ってみた。

圧をかけると、ウニョグニョオと気持ち悪く変形し、手を離すとジュワジュワと原形に戻っていく謎の球体。

「うわぁ、なにこれ」

「これ、どうしたんですか？」

「僕の会社で使ってる人がいるんだけど、緊張してる時とかストレスを感じた時にそれを握るんだそうで」

「これを？」

「はい」

嫌なことがあったとき……。

「それってつまり、こんちきしょ柏木のやつ！」

あの男の顔を思い出しながら、ピンクの球体をウニョグニョボヨヨヨヨーッと思いきり潰していく。

「ていう感じに使うんですか？」

訊いたと同時に手を離せば、みるみる原形に戻っていくストレスぶつける君。

「あはは。そう、そんな感じです。面白いし役立つかなと思って藤子さんに買ってきました。よく会社で嫌な事があると話していたので」

「確かに面白いですね。会社で使う機会いっぱいありそうです」

「会社はストレスで満ちていますからね」

「はい……。本当に」

呟くように肯定し、ビールを一口喉に通した。

「……今日、何かありました？」

「え？」

「なんとなく、いつもより少し元気がなさそうに見えるので」

「……そうですか？」

「うん。まあ……、なんとなく、なんですけど」

私の心の落ち込みようにまで気付いてくれた仁科さんに、捨てたはずの愚痴って慰められたい欲が再び湧き上がる。

そんな自分を自嘲しながら口を切った。

「私、高卒なんです」

「……」

「今の会社は高校を卒業してから派遣社員として入社して、仕事運がいいのか、そのまま正社員雇用になって働いているんですけど。……やっぱり、高卒が先輩面して働いていると、ちょっとむかつく人もいるみたいで」

「……」

「なるべくそう思われないようにしてるつもりではいるんですけど。うーん、……やっぱり学歴を気にする人もいるんだなぁって改めて思い知らされたといいますか」

　ほんの少しの間、お互い無言だったけど、そのうち仁科さんが口を開いた。

「藤子さんは、大学に進学したかったですか？」

「うーん……。そうですね。正直に言うと、進学したかったです。でも、うちはド貧乏でして、両親も共働きで朝から夜まで働いていて、大学行きたいなんて言える雰囲気ではありませんでしたし、高校を卒業したら働くっていうのが私の行くべき道なんだって小さいながらに悟ったというか」

「……両親を恨んではいないんですか？」

「まさか。恨んでないですよ。……ちょっと寂しいなって思った事はありますけど」

「寂しい?」

一度、ストレスぶつける君を握った。

「家で一緒に過ごす時間があまりなかったたし、家族でどこかに出掛けた思い出もほとんどなくて、それがちょっと……」

テーマパークとか海外旅行とか、そんなビッグイベントは望まないけど、せめてみんなでピクニックに行きたかったなとか、回転寿司のレストランにみんなで行きたかったなとか。

仁科さんが悲痛そうな顔をするから、なんだか暗い話をしてしまった気がして、急いで笑顔を貼り付けた。

「でもお陰で弟とはすごく仲良しなんですよ。あ、ちなみに仁科さんって兄弟はいますか?」

「僕は弟と妹が一人ずついますよ」

「そうなんですね」

「でも僕達はそんなに仲がいいわけではないですね」

「昔からですか?」

「昔から。……仲が悪いわけでもないんですけど、お互いあまり関心がないんですよ」

なんて、ことも無さげに笑う仁科さん。兄弟関係って、いろいろあるんだな、と私はビールを飲んだ。

束《つか》の間《ま》静寂が続いたかと思えば、仁科さんが徐《おもむろ》に話し出した。

「学歴というか、知識は社会に出て働くならある方が有利だと思います。学歴が全てじゃないって本当は言いたいですけど、実際の世の中ではそういうのを見て人を判断しますから」

「そうですよね……」

「だけど、僕は知っていますよ。藤子さんは誰よりも頑張ってるって。すごく努力してる。偉いです」

誰よりも頑張ってるなんて、そんなことはないと思う。私なんかより頑張ってる人はもっともっといる。

「私の事そんなに知らないのに、どうして努力してるなんてわかるんですか？」

「……人の内面は表に出るものですから。藤子さんは人生を頑張ってる人、努力してる人、人の為に何かできる人って、見ていたらわかります」

「なんか、ちょっと無茶苦茶ですよ」

こんな風に誰かに努力を認められ褒《ほ》められたのは初めてで、むず痒《がゆ》い感じと照れくささと、それから嬉しさが表情に出てしまって、わざと向こうの穴から私が見えないように顔を後ろに引いた。

落ち込む私を励《はげ》ます為に言ってくれたんだと思う。だけど、そうだとしても、嬉しくて堪らなかった。

「私の愚痴に付き合ってくれる仁科さんも、内面の良さが表に出ていますよね」

「……僕は……」

急に口を閉ざした様子に、どうしたのだろうと思って穴の向こうを窺った。

困ったように笑う仁科さんと目が合う。

「僕は良い人ではないですよ。……とても浅ましくて卑《いや》しい」

そう言った彼は、何かと葛藤《かっとう》しているような、辛いものを背負っているんじゃないかと思わされるような、とにかく翳《かげ》があって。

心配になりつつも、何か暗い過去を持つ仁科さんのギャップある姿にときめきを覚えてしまった私も、卑しい人間なんだと思う。

「藤子さん、少しは元気になりました？」

「へ？　……あ、はい。ありがとうございます。仁科さんのお陰で気持ちが晴れました」

「本当？」

「はい、本当に」

「それはよかったです」

涼し気な目元は、笑うと優し気になる。私に向けられるその笑顔にドキンと胸が鳴った。

はあ……。やっぱりお隣さん、癒やしだ……。


それからまた数週間が経った。

仕事は相変わらず雑用を押し付けられるし、週に何度か残業はあるし、会社の人達との付き合いもあったりで忙しいけど、私の精神は今日も健康だ。

それは全て、お隣さんのお陰。もちろんストレスぶつける君も大活躍してくれている。

ベランダでビールを一緒に飲んでお話しする習慣は今も続き、彼との会話に癒やされ、容姿に癒やされ、気を抜くと背中がゾクゾクするようなイケボに癒やされる毎日だ。

今日も朝、出勤前に顔を合わせることができたし、「いってらっしゃい」「いってきます」なんて新婚か！　みたいな挨拶もできちゃったし。

つい思い出してニヤニヤしながらキーボードを打っていると、キャスターの転がる音がした。

「先輩先輩、これ見て下さいよ」

勢い余って田辺《たなべ》さんの椅子が私の椅子と衝突した。

「わっ」

「あ、すいません」

「ううん、大丈夫。どうしたの？」

「これ、知ってます？」

田辺さんが見せてきたのはファッション雑誌だった。

「ちょっと、今勤務時間だよ……。怒られるよ」

「大丈夫ですよ、今部長いないし、みんな仕事するフリして別の事してますから」

「え、そうなの？」

周りに視線を回してみると、確かにみんな真剣そうにパソコンを見ているけど、画面にあったのは競馬情報だったりグラビアだったりゲームだったり。しかもいつも雑用を押し付けてくる人達ばかりだ。

全員の頭の上に熱湯入りのタライをぶち落としたくなってきたけど、それは妄想だけで我慢してやろう。

「で、このページなんですけど。街中イケメンエリート特集っていうのがあって、すんごいイケメン見つけちゃったんですよ！　だから先輩にも見せて一緒に癒やされようって思って」

「癒やされようって……。田辺さん、彼氏できたんじゃないの？」

「できましたけど。これとそれは別なんですよ。やっぱイケメンは眼福ですから、拝んでおかないと」

うーん……。まあイケメンの癒やし効果を毎日体験してるから田辺さんの言う事には一理ある。いや、というか正論……。

田辺さんは真ん中あたりのページをガバッと開いた。

「この人！　めっちゃかっこよくないですか？」

そう言って指差す雑誌の中の人物を見た瞬間、衝撃が走った。

「ね？　かっこいいですよね？　爽やかながら色気もあって、ああ、こんな人とデートしたい。ていうか付き合いたい」

田辺さんの声がよく耳に入ってこない。

「名前もかっこいいですよね。仁科蒼真《そうま》。超有名大学の経営情報学部卒業後、英国留学を経てイーグルエース銀行に入社。その後異例の早さで経理課長に昇進した若きエース！　って、うわぁ、なんか超エリートって感じじゃないですかぁ！　って、先輩？　私より驚いてません？」

「あ、いや、この人……」

「かっこいいですよねぇ！」

「うん……。かっこよくてびっくりしちゃった……だけ」

「先輩の例のお隣さんと、どっちがイケメンですか？」

「え……。そ、そうだなぁ……。仁科さんの方がかっこいいかな……」

「やっぱこっちですよね！」

お隣の仁科さんって意味だったんだけど。あ、ていうか同一人物だったか。

だけど田辺さんに、この人お隣さんだよって言うタイミングだったのに言えなかった。……誰にも取られたくないって、思ってしまった。

ただ同じアパートの隣同士っていうだけの関係なのに。何独占欲に駆られてるんだろう。

私の方がよっぽど浅ましくて卑しいじゃん……。

「何イケメン見てんだよ、お二人さん」

「わっ！　坂本先輩！　ビックリするじゃないですかぁっ」

突然上から覗いてきた坂本さんに、私も田辺さんも大げさに肩を揺らした。

「田辺、お前の驚きオーバーだから」

「オーバーじゃないですよ！　ホントにびっくりしたんですー」

「あ、俺この人知ってるよ。イーグルエースの仁科さんだろ？」

「坂本さん、お知り合いなんですか⁉」

「……すごいがっつきようだな、蓬田。狙ってんの？」

「ち、違いますよ。坂本さんと接点があるようには全然まったく見えないからです」

「……どーいう意味だよそれ」

「ご想像にお任せします」

ったく、と溜息を吐いた坂本さんは後ろから空いてる椅子を引いてきて私と田辺さんの間に座った。

煙草《たばこ》の臭いが鼻孔を通る。……またサボって吸ってたな。

「この銀行で働いてる友達に誘われて、会社主催の催し物に参加したことがあってさ、そん時この仁科さんを見かけたんだよ。この容姿だから結構目立っててさ、参加者が揃《そろ》ってこの人の話してたわ」

「そりゃそうでしょうねぇ。こんなかっこ良くて、若いのに課長ですよ？」

「まあイーグルエースの社長の息子だからな。異例の出世も納得できるだろ」

「社長の息子⁉」

　あの仁科さんが⁉

「御曹司じゃないですか！　なんですかこの絵に描いたようなハイスペックは！　いいなぁ、私も生で見てみたいですー」

「次の機会があったらお前も来るか？」

「え、いいんですか⁉　お願いします坂本先輩ぃ！」

　目を輝かせる田辺さんに、坂本さんはからかうような笑みを向ける。

「まあ、お前が行ったところで絶対相手にされないと思うけどな」

「ちょっとー！　なんですかそれ！　ひどいです」

「いやいや、お前が可愛くないって言ってるわけじゃないからな。うちの部署では一番可愛いってみんな言ってるしよ」

　それは私も同感だ。田辺さんはクリクリの瞳が印象的な可愛い子だ。褒められて顔を赤くする今の姿も猛烈な可愛さだもの。

「けど仁科さん、長く付き合ってる彼女がいるらしくて他の女は全く相手にしないんだって。言い寄ってくる女には結構冷たいらしいって友達も言ってたわ」

　仁科さんに彼女？　いないって言ってたのに……？

「えー、一途なんですかー？　こんなイケメンで一途なんですかー！　彼女さん羨《うらや》まし過ぎなんですけどー。ねえ先輩」

「え、あ、うん。そうだね」

ていうかあなた彼氏いるでしょが。

もっと何か言いたげな田辺さんだったけど、丁度そのとき部長が戻ってきたので、娯楽に勤しんでいたみんなは急いで仕事に戻っていったし、田辺さんも坂本さんも風のように自分のデスクに戻った。


定時に上がり、ファミレスで夕食といつもの勉強をしてから帰宅。

顔を洗おうかなと洗面所のドアノブに手をかけた時、外から引き戸の音がした。仁科さんがベランダに出たらしい。

その音が合図で、私の足はキッチンへ向かった。

冷蔵庫を開けて、あら……と気付く。

しまったー。ビール買うの忘れてた。しょうがないから、代わりにアイスバーを摑み取る。

ベランダに出てしゃがめば、やはり隔て板の穴の向こうに仁科さんはいた。

「お帰りなさい」

「ただいま、です」

そんないつものやりとりが、今日は少しだけ複雑だったりする。……なんで彼女いないって言ったんだろうって、今日ずっと考えてた。

「今日は仕事どうでしたか？」

缶ビールを口に傾けた仁科さんに訊くと、流し目を向けられた。左目の涙黒子《なみだぼくろ》のせいなのか妙に艶めかしくて、思わず唾《つば》を飲んでしまった。

「今日も穏便《おんびん》に、それとなくやり過ごした、という感じです。藤子さんはどうでしたか？」

「私も、穏便に、平和に、でもちょっとだけ忙しい、みたいな感じでした」

「平和ならよかった」

「はい」

いつもは無言になる隙《すき》にビールをチョビチョビ飲むのだけど、今日はアイスバーをかじる。レモンの味がちょっぴりすっぱい。美味《おい》しいか美味しくないかで言えば、まあ微妙なところだ。

「仁科さんって、イーグルエースで働いてるんですね」

「……もしかして、雑誌見ました？」

「はい。今日後輩の子が見せてくれて。仁科さんのことかっこいいって連呼してましたよ」

からかうように言えば、彼は苦笑しながら視線を落とした。

「……宣伝になるからインタビューに応じろって。流石に断れなくて」

「本当は嫌だったんですか？」

「まあ、はい」

「でも写真すごくかっこよかったですよ」

「……まじですか？」

「はい」

嘘をついていないのが伝わるように大きく頷いたら、仁科さんは膝に顔を埋めてしまった。え、もしかして照れてる？

「藤子さんがそう思ってくれたなら……報われます」

「報われるって。そんなにインタビュー辛かったんですか？」

「そうじゃないけど、自分の写真を見て欲しいのは一人しかいませんから」

一人しかいない……？

「……それって、付き合ってる彼女のことですか？」

ガバッと顔を上げた仁科さんは、目を瞬かせながらこちらを向く。

「……彼女……いないですよ？」

「……今日、イーグルエースで働いてる友達がいるっていう先輩とも話したんですけど、仁科さんは長く付き合ってる彼女がいるから、他の女性は相手にしないって、言ってたんです。だから、彼女いないって言ってたのに、あれ？　って」

「ああ。それは……」

ビールを喉に流してから仁科さんは説明した。

「アプローチとか告白されることが多くて。そういう面倒臭い話を避《さ》けたくて、彼女がいるって嘘ついてるんです」

面倒臭い話……。

「そう……だったんですね。わあ、モテモテですね、仁科さん」

一瞬感じた胸の痛みに気付かないフリをして、わざと戯《おど》けた口調で言ったら、ジーッと見つめられてしまった。

「藤子さんは？　大丈夫ですか？」

「……大丈夫って？」

「会社で誰かに言い寄られてたり、しないですか？」

「私なんかに言い寄る人、いるわけないじゃないですか。全然モテないんですよ？　わー、ていうか言わせないください よ、悲しくなってきました」

どうせ私は恋愛運ありませんよー……。

「もし迷惑な男がいたら教えてください」

「……え。仁科さんに？」

「えっとー……、相談にのるから」

「ああ、なるほど。わかりました。もし私なんかに近づく物好きがいて、私が迷惑だなぁって思ってしまったら相談しますね」

なんて言うけど、そんな人がいたら迷惑どころか、私なんか好いて下さったのですか⁉　恐縮です！　感謝です！　もう結婚を前提に付き合いましょう！　ってなっちゃいそうだな……。

「あ、そういえば、雑誌に課長って書いてありましたよ。若いのに、すごいじゃないですか。流石です」

「あれは……、まあ……、父のコネです。きっと自分の実力ではないんです」

急に声のトーンが下がって、触れて欲しくない事の一つなのかもしれないと思った。

御曹司だなんて華やかな世界の人間だと思ってたのに、人にはわからない翳が仁科さんにもあるんだろうな。

「仁科さんのお父さんって、社長さんだったんですね」

「はい。父というよりは、会社の社長というだけの存在です、僕にとっては」

そう言えば、弟妹とも淡白な仲だと言っていたっけ……。

「厳しい人……だったりするんですか？」

「そうですね。両親とも厳しい。僕の人生はあの人達に操縦されてました」

「操縦、ですか？」

「僕の意思なんて、彼らには関係ないんです。やって欲しいことを、僕がただ黙ってやれば、それで満足なんですよ、あの人達は」

棘《とげ》のある言い方だ。

自分の意思……。

ほんの少しだけ、自分と重なるものがあった。

私も自分の意思に関係なく、進学を諦めたから。

かと言って両親を責めるつもりは毛頭ないのだけど。

「でも今はそうじゃありません。僕の人生は僕が操縦してますから」

「……え、あ、はい。……それなら、よかったです」

今の言葉に不思議と既視感を覚えた。どこかで聞いた事があるような……。

思い出そうとしていると、仁科さんにジッと見つめられていることに気付いて、恥ずかしくなって慌てて口を開いた。

「それにしても、あれですよね。仁科さん、めちゃくちゃエリートで私より稼いでいらっしゃるのに、なんでまたこんなボロアパートなんかに住んでいるんですか？」

話を変えるつもりで、前にも訊いて濁《にご》されてしまった質問をした。

事情を話すくらいにはそろそろ信頼されているんじゃないか、なんてちょっと期待もしてしまったりして。

うーん。

「それは……。静かなところで暮らしたかったからです」

やっぱりまだ、そこまでの信頼は得ていないみたい。なんだか悲しいけど、踏み込んで欲しくない事は誰にでもあるから、これ以上は詮索しないことにする。

「なるほど」

大口でアイスバーをかじったら、スティックの先が顔を出した。

「今日はビールじゃないんですね」

「あ、はい。買おうと思って忘れてたんです」

「言ってくれたらあげたのに。今持ってきますよ？」

「いえ、大丈夫です。このアイスでも充分な満足感ですから」

「そっか」

アイスを頬張る私をそのままじっと温かい目で見てくるものだから、ものすごく食べにくい。

「えと、ちなみにこのアイス、当たり付きなんですよ」

「当たり?」

「この棒に当たりって書いてたら、一箱と交換できるんです」

「へえ、それは楽しいですね」

「はい、当たってるといいなー」

なんて、本気でそう思ってる訳じゃないけど。

ただイケメンからのガン見に緊張しちゃいそうだったから何か話しただけだ。

だいたいこのアイス、味より安さで選んでるものだし、何箱も買ったけど当たった事なんて一度もないんだから。サギアイスだよ。期待なんかまるでしてない。

なのに、どういうことでしょう。

「当たってる……」

「え、本当ですか?」

「はい、ほら」

残ってるアイスを一口で口の中にいれ、棒を穴に寄せた。

「本当だ。ラッキーだ。おめでとう」

「ありがとうございます」

何が面白いのか、二人でクスクス笑い合ってしまった。

「交換しに行くんですか？」

「うーん、そうですね。……多分」

「曖昧《あいまい》ですね」

「いや、まさか当たるとは思わなくて。というか、お店の人に交換して下さいって言うの、恥ずかしいなぁって思って……」

「じゃあ交換しないですか？」

「うーん、そうですね……。やめておきます」

純粋無垢を装って、当たるといいなーなんてぶりっ子をかました自分が恥ずかしい。

「じゃあ、僕が交換してきますよ」

「え？」

「どこのスーパーでもいいんですか？」

「え……、はい。このアイスを扱っているスーパーならどこでも……。え、でも本気で言ってるんですか？」

「本気ですよ。折角当たったんですから勿体《もったい》ない」

戸惑《とまど》っているうちに、穴から片手を伸ばしてくる仁科さん。

「その棒、くれますか？」

しまった。

「でも、えっと、洗ってきますよ」

「別に汚れてるわけじゃないですからいいですよ」

いや、私の唾液まみれですから！　なんか恥ずかしいから！

でも……いや……とブツブツ言ってる間に、仁科さんはアイスの棒を摑み取って

「アイス一箱はでかいですよ」

「そ、そうですね……」

仁科さんは意外に節約家なのかもしれない。

たかが当たり棒一つで、こんなに目を輝かせて喜ぶなんて少年みたい。いやぁ

ー、可愛い。素敵。

でも可愛いだけじゃない。ちょっと翳のある仁科さんも、力強く「人生を操縦している」と語る仁科さんも素敵だ。

仁科さんの生まれ持った環境を、私には想像するしかできないけど、きっとたくさんの人からの期待を背負ってその重さに潰されそうになることもあったのかなと思う。だけど、それを乗り越えて自分で人生を切り開いている姿は……本当にかっこいい。

同じくらいの気持ちで、とまではいかないかもしれないけど、私も明日から、

もっと私の人生を操縦してみるか。

不思議だ。仁科さんとお話すると、仕事へのやる気が湧いてくる。

まじで今日も癒やしだ、お隣さん。

翌日に早速交換してくれたみたいで、夜のベランダで満足げにアイスの箱を渡してくれた。それを二人で一緒に食べた。

イケメンとやっすいアイスバー。

夏の終わりにイケメンとアイスバー。

幸せすぎか。

体調不良

また数週間が経った。

仁科《にしな》さんとは相変わらずベランダでお話しする習慣を続けているから、私の精神は活《い》き活きしているし、会社で嫌な事があってもあまり落ち込まなくなった。

のだけど、どうやら身体にまでは影響しないらしい。今日は朝から体調が良くなくて重い倦怠《けんたい》感がある。

昨日、二時間残業の後、薄着でコインランドリーに行ったのがまずかったかな……。

それでも早退はしたくないからなんとか踏ん張ってるけれど、作業する手と思考がつい止まってしまう。

「先輩？　せんぱーい？」

「……あ、ごめん。なにかあった？」

「どうしたんですか？　今日朝から元気ないじゃないですか」

「ううん、ちょっと、低血圧……みたいな」

「顔色悪いですよ？　帰った方がいいんじゃないですか？」

不安げな表情の田辺《たなべ》さんを心配させまいと、眉と口角を思い切り上げてみた。

「大丈夫大丈夫！　ちょっと冷たい水飲んで目覚ますから」

ウォーターサーバーまで行こうと席を立ったとき、なんとまあタイミング良く部長に呼ばれた。

「なんでしょうか」

「これ、重要書類なんだけど、シュレッダーかけといてくれる？」

「はい」

随分と分厚いのをくれたものだ。

ふらつきそうになるが、ゆっくり息を吐き出しながらなんとかまっすぐ歩く。

いまだに心配そうに私を見る田辺さんに大丈夫！　と言うつもりで笑顔を送ってから、床に直置きされているシュレッダーの前まで行ってしゃがんだ。

途端に目眩《めまい》に襲われて、咄嗟《とっさ》に地面に手をついた。

やばいかもこれ……。

何度か深呼吸をして落ち着かせてから、シュレッダーに紙を通していく。

「何しゃがみ込んでんのかと思ったら、シュレッダーかけてたのか」

「……はい」

隣にしゃがんだ坂本《さかもと》さんへ顔を向けるのも怠《だる》い。無愛想かもしれないけど、今は放っといて欲しい。

「俺シュレッダー好きなんだよね。代わりにやってやろーか？」

「……」

ああやば、まだぐらぐらする。

「昔からシュレッダーには憧《あこが》れがあってさ。店に置いてあったの、いつまでも眺《なが》めてたわ」

「……」

そういえば、坂本さんって家電屋さんの息子だったたっけ……。ってどうでもいい話をしてくれるなぁ……。こんな時にふざけられても困るのに。

「どうした？　黙りこくっちゃって」

「……」

駄目《だめ》だ、倒れちゃう……。

「おい、そんな前に倒れたら髪巻き込むぞ。おい？　お前大丈夫か？　おい、蓬《よもぎ》田《だ》？」

前方に傾いた私の体を肩に手を置いて引き止めてくれたのだけど、その反動で今度は坂本さんの肩に頭を倒してしまった。

それに気付いてはいるけれど、意識はついに朦朧《もうろう》として、力がどんどんと抜けてしまう。

「蓬田？　大丈夫か⁉」

叫ばれたせいで、私は部署にいた人達全員の注目を浴びてしまった。

恥ずかしいのにどうすることもできなくて、騒がしい中あれよあれよと事が運び、結局私は早退することになり、坂本さんの車で自宅まで送ってもらった。


「あの、ここまででいいですから……」

アパートの玄関前で坂本さんになんとか元気に聞こえるように言ったけど。

「熱まであんのにほっとけないだろ。ほら鍵出せるか？」

目の前に持ち上げられた鞄から部屋の鍵を取り出すと、坂本さんに取られた。

鍵穴に鍵を差してまわす動作のせいで、私の体も僅《わず》かに揺れる。まあ、おんぶされているから当然なのだけど。

気怠い意識の中でもおんぶは嫌だとはっきり断ったのに、坂本さんは聞き入れてくれなくて、それでも拒否していたら「じゃあお姫様抱っこにするか」とか言うので、渋々おんぶでいいと言ってしまった。

まさかこの歳になっておんぶされるとは……。

実際本当に体は怠くて力も入らないから助かってはいるのだけど。それにしたって恥ずかしいものは恥ずかしい。

だけどもっと恥ずかしいのは、女子感皆無の部屋を見られる事だ。

「ここ……、お前んちで間違いないんだよな？」

「……はい」

いろいろ思う事があるのはわかるけど、察して黙ってて欲しい。

それから坂本さんは布団を出すのを手伝ってくれたり、風邪薬が切れてるからとわざわざ買いに行ってくれたり、食べ易い形にカットした林檎《りんご》を枕元に置いてくれたりと、甲斐甲斐《かいがい》しく世話してくれた。

買い物に行ってくれている間になんとかパジャマに着替えていた私は、今は布団の中で林檎を咀嚼《そしゃく》していた。

「食べさせてやろうか？」とこんな時に冗談を言う坂本さんに、「あ、いいです」とつれない態度で答えてしまったのは、体調不良に免じて許して欲しい。

「それにしても、蓬田はもっとお洒落《しゃれ》な、女子ぃって感じの部屋に住んでるのかと思ってたよ」

「……ほっといて下さい」

「見た目で判断するもんじゃないな」

「……どんなイメージ持ってたんですか？」

「お前、いつも服装はきっちりしてるし、デスクは整理整頓してあるし、顔のつくりもこう、スッキリした感じだろ」

スッキリした顔って……何。

「だから清楚なイメージだったんだけど。いやぁ、凄まじいギャップだな」

「……」

「まあ安心しろ。今日見たことは誰にも言わねーからさ」

「……そうして頂けると助かります」

まだ林檎は残っているけど、もう食べられないからフォークをお皿に戻した。

「なあ。お前、無理しすぎなんじゃねーの？　人の仕事までやる必要ないし、雑用も、残業だってもっと断っていいんだぜ？」

「……その分、お金貰えますから。それに、この体調不良は勤務環境のせいじゃありません……」

原因は昨日の薄着だ、絶対に。

「本当に金の為だけに残業断らないのか？」

「……」

「……高卒ってのを引け目に感じてんだったら、お前バカだぞ」

「……」

「重要なのは学歴じゃなくて働き方だろ。やるべき事をやってるかどうか。お前は誰よりもそれができてる。というか、やり過ぎてんだよ。自分の仕事じゃないことは、たまには断ってもいいし、誰かに助けを求めろ。あの会社は、お前が会社の為になるって判断して正社員にしたんだから、もう高卒だから云々《うんぬん》って考えんな」

泣きそうになってきて、掛け布団で口許《くちもと》を隠した。

「って、年取ると説教臭くなるな。まあ、薬も飲んだし腹ん中なんか入れたし、俺はそろそろ会社に戻るな。明日は休むって伝えとくからしっかり休めよ」

「行きます、会社」

「有給溜まってんだろ？　どうせ消費しなきゃなんねーんだから今使っとけよ」

「……」

「じゃあな」

立ち上がった坂本さんを呼び止めたら、わざわざ座ってくれた。

「あの、ご迷惑おかけしました。いろいろしてくれて……ありがとうございました」

「おう、気にするな。あ、鍵かけとくけど、ポストに入れたらいいか？」

「はい……。お願いします」

ドアが閉まった音を聞いて瞼《まぶた》を閉じたら、薬の副作用のせいなのか一気に眠気に襲われて、あっという間に眠りについてしまった。


目が覚めて窓を見たら、空が夕焼けの色に染まっていた。

熟睡したお陰で、体はまだ怠いものの頭はクリアな感じだ。

ふと、食欲をくすぐるようないい匂いが漂《ただよ》ってくる。どこからだろうと視線を反対側に回して、一瞬頭がバグったのかと思った。

「あ、驚かせてすみません」

「仁科さん？　なんでここに？」

「倒れたって聞いたので」

出勤時のスーツのまま、布団の横で正座する仁科さんは心配そうにこちらを見ている。

「え、……誰に？」

起き上がろうとしたが体は重くて、冴えたと思っていた頭は考えようとした途端鈍《にぶ》くなる。

「坂本さんっていう藤子《ふじこ》さんの会社の人に。……ちょうど僕も今日は早退する理由があって帰ってきてて。藤子さんの部屋から彼が出てきたから、ちょっと気になって訊いたら会社で倒れたっていうから。心配で、様子を見にきたんです」

「そうだったんですか……。あれ。でもどうやって入ってこれたんですか？」

「……鍵が開いてましたから。すみません、ちゃんと断りを入れてから入るべきだったんですけど……」

坂本さん、ちゃんと鍵がかかったか確認しなかったな。

仁科さんだったから良かったけど、これで変質者が横に座ってたら悲鳴もんだよ。

「何かできることないかって考えてて、勝手にお粥をつくったんですけど」

枕の隣にお盆にのったお粥があった。

私が風邪を引いたとき、お母さんがよくつくってくれたものと同じ、卵とネギのお粥。

「それでいい匂いがしてるんですね」

「……食べますか？」

「はい、ありがとうございます」

背中に腕を回して上半身を起こすのを手伝ってくれた。近くなった距離と背中の腕の感覚に脈拍が速くなる。

病み上がりには少々刺激が強過ぎだ。クラクラしそうになるのは熱のせい？　それとも仁科さんが素敵すぎるから？　……後者だな、うん。

「はい、あーん」

「えっ！　あ、さ、流石《さすが》にちょっと、それは恥ずかしい……ですよ」

「あ……、うん。ごめん。そうですよね……」

口許まで運んできたスプーンをお椀に戻す仁科さん。そこまで残念そうな顔をしなくても……。

「じゃあ、えっと、いただきます」

「食べられるだけでいいですから」

「はい」

お盆ごと太ももの上に載せ、まだほんのりと湯気の立つお粥を掬《すく》って口へと運んだ。その際、仁科さんは隣でガン見。恥ずかしい。

「美味《おい》しい」

「味つけ、薄くないですか？」

「丁度いいです。お母さんがつくってくれるお粥に似てて、なんか、安心する味です」

「それは、よかったです」

お母さんは借金返済のために朝から晩まで働いていたから、あまり一緒に過ごせなかったけど、私が風邪を引いた時だけは仕事を休んで看病してお粥をつくってくれた。

思い出が甦り、懐かしくなってくる。

仁科さんは私が完食するまで正座して待っていてくれた。お皿は洗ってくれたし、温かいレモネードも作ってくれた。

「藤子さん、少し頑張り過ぎたのかもしれませんね」

「そうかも……しれないですね。さっき、坂本さんにも同じようなことを言われました」

レモネードをひとくち飲む。わあ、このレモネード、甘さと酸っぱさのバランスが黄金比！　美味しい！　舌の上で堪能したレモネードを飲み込むと、後味はすっきりだ。

「……そっか。あの人とは仲がいいんですか？」

後でレシピを訊いてみようと思いつつ、口を開く。

「会社の中では仲がいい方というか。よくしてもらっていますよ」

「ああいう人、タイプですか？」

「え？　あー、いいえ、かっこいいとは思いますけど、タイプではないです」

「ですよね」

「へ……？」

「あ、いえ。なんでもありません」

というか、私のタイプのど真ん中を見事に射抜いたの、仁科さんだから。

「会社で変に言い寄られてたりしないですか？」

「そういうのも全くないですけど……。どうしたんですか、仁科さん。さっき坂本さんに何か言われたりしましたか？」

「何も言われてないです。ただ、……藤子さんの部屋にまで入ってたので、ちょっと心配になった……だけなんですけど」

心配ってどんな心配したんだろう……。気になるけど、仁科さんにそう言われると胸がドキドキと変に騒ぐから、「何もないから大丈夫です」としか言えなかった。

「明日は休みますよね？」

「はい。たくさん寝たからだいぶ良くなったと思うんですけど、坂本さんにも有休使えって言われたし、明日は一日休む事にします」

「そっか。……藤子さん」

「うん？」

「無理しないで」

「はい」

急に少しだけ顔を寄せてくるものだから、息が止まった。

「僕と約束してください」

視線を絡ませて、低音ボイス。

背中の下の方が痒《かゆ》くなってくる。

「……約束？」

「無理はしないって」

「は、はい。わかりました。約束、します」

「ん。いいこ」

「……」

むむむむむっ！　いいこ⁉　いいこって言った今⁉

何、何、何この不意打ち。何、何、何今の。

「わ、私また熱が上がったみたいですから、あの、ね、寝ますね！　もう大丈夫だから、仁科さんも部屋に戻ってください」

「僕はすることもないから大丈夫ですよ」

いや、こっちが大丈夫じゃないの！　心臓が激しく暴れて、本当に意識もってかれそうなの！

「人がいると、あの、寝付けないですからっ」

「……わかった。じゃあ、いきますね。何かあったら呼んでください」

「はい、ありがとうございます……」

仁科さんの部屋の玄関ドアが閉まる音を聞いてから静かに鍵をかけると、いつかのようにまたへなりとその場にしゃがみ込んだ。

ううう……。今日のお隣さんは癒やしというより、なんか刺激的……な感じだった。

だんだんと落ち着いてきた心臓の脈拍を感じながら、とりあえず洗顔と歯磨きだけはちゃんとやってから、のそのそと布団に潜り、瞼を閉じた。

たくさん寝たのにまだまだ眠気はあって、すぐに眠りに落ちた。

ヒーロー

一日よく休んですっかり体調も良くなった。

会社に到着してエレベーターを待っていた所に「蓬田《よもぎだ》！　ちょっとお前どういうことだよ」と眉をひそめる坂本《さかもと》さんに腕を引かれた。

「おはようございます。一昨日はお世話になりました」

「あー元気そうでなにより、ってそれはいいとして！　お前、なんで隣に仁科《にしな》さんが住んでんだよ？」

「……あっ！」

今まで考えなかったけど、そう言えば坂本さんと仁科さん、玄関前で会ったんだった。

なんとなく人目を気にして、ひそひそと耳打ちする。

「実は二ヶ月くらい前にお隣に引っ越してきたんです」

「二ヶ月前って。なんでこないだ雑誌見たとき言わねーんだよ」

「そ、それは、こちらにも事情がありまして……」

「事情ってなんだよ」

「それは……」

独占欲。

なんて口が裂けたって言えるわけない。

「あ、それはそうと、坂本さん鍵ちゃんとかけてなかったですよ！」

「え、そうか？　かけたつもりだったんだけど。……ふーん、そうか、悪いな。で、事情って何だよ」

謝罪が適当！　しかもしつこい！

こちらを窺《うかが》う坂本さんと目を合わせられなくてそっぽを向いていると、エレベーターが到着したので、私達は中に入る。

定員オーバーギリギリくらいの人が乗っているのに、坂本さんときたらわざと壁に追いやられた私の正面に立ってくる。

何か言いたげな眼差しから必死に逃げていると「まさか付き合ってる、ってことはないよな？」なんて訊いてくるし、そのせいで他の人が一気に聞き耳を立てたことにも気付いた。

この男めぇ。面白がってるな、と睨《にら》み上げたら、やっぱり悪戯《いたずら》に成功した時のようにニヒヒと笑う憎らしい顔があった。

エレベーターから降りた私は部署に入る前に、坂本さんを休憩室に誘った。

「こんな誰もいねーとこに押し込むとは、何か重大なことでも打ち明けるつもりか？」

「そんなんじゃないです。そうじゃなくて、あの、仁科さんが私の隣に住んでいるってこと、誰にも言わないでくれませんか？」

「言わねーけど。その理由はちょっと気になるな」

腕を組んでドアにもたれ掛かった坂本さんは、見透かしたように目を細めて笑ってくる。

「別に……、大した理由じゃないですけど。……雑誌に載るくらいの容姿の方だから、隠れファンもいるだろうし、住んでる所がバレたらいろいろ、迷惑なことになっちゃったりしないかなぁと心配で……」

なんて、今思いついた嘘がペラペラと口から出てくる。ここまで浅ましかったか、自分。

「ふーん。……なるほどな」

ニヤニヤ笑うあたり、多分信じてないな。

「ところで一昨日、仁科さんと話したんですよね？　どんな話、したんですか？」

「別に話したって程でもねーよ。鍵をポストに入れた時にちょうど階段んとこから出てきて、仁科さんじゃんって俺が驚いたらなんか怪しい奴を見る目をされたからな、かくかくしかじかでって説明しただけだよ」

「そうだったんですね……」

「それにしても、なんだってあの人あんなくそボロアパートに越してきたんだ？　高級マンションとかに住んでるって思うだろ、普通」

　くそボロいって……。目の前にその住居人いるんですけど。

「何か事情があるみたいですよ。私も訊いた事はあるんですけど、答えたくない様子だったので、人には知られたくないんだと思います」

「……実はすんげー金に困ってるとか？」

「……さあ」

「まあ、一つだけわかったことはある」

「なんですか？」

　数歩私に近づいた坂本さんは、誰もいない部屋なのにわざとらしく囁いた。

「最近調子良さそうだったのは、お隣の仁科さんに癒《い》やされてたからか」

「ち、違いますよ！　ていうか今のセクハラっぽいですよ！」

「いやぁー、やっぱイケメンってすげーんだな。いるだけでまわりの人間を元気にしちゃうのか」

「だから、違うって言ってるじゃないですかっ」

「しかも蓬田はそのことを誰にも言いたくないらしい」

「それはっ」

「自分だけのお隣さん、てか」

「な……ちょ……」

反論する言葉を考えてるうちに、坂本さんは口笛を吹きながら休憩室を出て行ってしまった。

やっぱり、見透かされてたんだ……。


「あ、先輩ぃ。おはようございます。もう大丈夫なんですか？」

デスクに鞄を置いて早々、田辺《たなべ》さんがキャスターを転がして寄って来た。

「うん、もう元気。こないだはビックリさせてごめんね。私が帰っちゃって仕事量増えなかった？　大丈夫？」

「それは大丈夫です。みんな驚いてましたよ。森《もり》さんなんて、部長に怒ってたんですから。いつも蓬田さんが引き受けてくれるからって雑務ばかり押し付け過ぎよって」

「そうだったんだ……」

雑務の押しつけのせいではないと思うけど。

森さんは、総務課の母という二つ名を持つ先輩だ。

三児の母でありながら育児の疲れを全くみせないパワフルな女性で、気難しい性格の部長に、どストレートに物を言うくらい肝が据わっているのに、誰かが辛そうにしてるとまるで母親のように寄り添って解決策を一緒に考えてくれる頼れる人。

私にもよくお菓子をくれるし尊敬している反面、森さんのあの旺盛さにはちょっとついていけない所があったりもして。

「とりあえず、ただの風邪みたいでよかったです。もしかして病気なんじゃって泣きそうになりましたよ、私」

「そんな大げさな……」

本当に心配してくれた様子の後輩に、あんな姿を見せてしまって恥ずかしいと思うと同時に、こんな私を慕ってくれるなんてと嬉しい気持ちにもなった。

それなのに、私は田辺さんに仁科さんのことを隠して……。なんて小さい人間なんだろう。

「あの、田辺さん、今日夕飯一緒に食べに行かない？」

「えっ、本当ですか？　行きます行きますぅ！　珍しいじゃないですか、先輩から誘って下さるなんて！」

「たまには可愛い後輩に感謝の気持ちを表したくなって。もちろん、私が奢《おご》るからね」

「えぇー！　節約家の先輩が奢ってくれるんですかぁ？　これはもしかして、何か重要な報告されちゃうとかですか⁉」

「いやぁ、普通にただご飯を食べるだけだよ」


定時で上がった私達は洋食レストランに来た。

雑誌でよく紹介されるインスタ映え最高のおシャンなお店だ。インスタしてないけど。

私は蟹クリームパスタ、田辺さんはニョッキのアンチョビ和えを注文。味は双方とも大当たりで美味《おい》しかったし、一緒に注文した白ワインともよく合った。

こんな食事は何年ぶりかなぁ。すごく贅沢な気分になってくる。

白ワインで気分も良くなってきた私達は、主に会社の裏事情について会話の花を咲かせた。

まだ一年目だというのに、田辺さんは情報通で、彼女から企画部の吉田《よしだ》さんと総務部長が昔は恋人同士だったと聞いた時には、危うくワインを吹き出す所だった。

「あの総務部長が、吉田さんと……」

「ビックリですよね。まあそんなに長く続かなかったみたいですよ。吉田さんも今じゃもう結婚してますし、そろそろ子供も考えてるとか」

「へぇ……。それにしてもどこからそういう情報拾ってくるの？」

「森さんがいろいろ教えてくれるんですよ」

「森さんが……」

「はい。森さんってああいう性格だから、人の悩み事とかよく相談されてるみたいで」

「なるほど……」

とりあえず、悩みがあっても森さんには言わないでおこうと密かに心に決めた。

パスタの最後の一口を飲み込み、白ワインを飲む。グラスを静かにテーブルに置いて、戸惑《とまど》いながら田辺さんを呼んだ。

「はい、なんですか？」

「あのね、実は前から言わなくちゃって思ってた事があって、いつも言いそびれてて。実は今日、それを言いたくて誘ったの」

本当はまだ言いたくない自分がいる。でも、独占欲に埋もれる自分は幼稚だと思うし、私を慕ってくれる田辺さんに失礼だと思って。

「え、やっぱり重大ニュースがあるんですか⁉」

「重大ってほどではないんだけど。私の隣の部屋に引っ越してきた人のこと、覚えてる？」

「はい、覚えてますよ。イケメンのお隣さん、ですよね？」

「そうなの。その人がね、……実は仁科さんで……」

ああ、ついに言ってしまった。

田辺さん、なんで隠してたんだって嫌な気分になっちゃったらどうしよう……。

恐る恐る正面を窺ってみると、田辺さんの目がテンになっていた。

「仁科さんって誰ですか？」

「え、あの、仁科蒼真《そうま》さん……だけど」

「すみません、わかんないです……」

あれ、あんなに絶賛してたのに忘れちゃったの⁉

「前に雑誌でイケメンエリートの特集見せてくれたの覚えてる？」

「えーっと。あー、はいはい、覚えてます。あ、もしかして仁科さんって私が先輩に見せてた人ですか？」

「そう、その人」

本当に忘れてしまっていたみたいで「顔が思い出せないですけど……」と渋面《じゆうめん》になる田辺さんを見て、ちょっと安堵《あんど》してしまった。

ずっと覚えている程、興味があったわけじゃないんだ、って。

「え、じゃあ、あのイケメンエリートが先輩のお隣さんなんですか？」

「そうなの。……ごめんね、あの時すぐに言えばよかったんだけど、私ってばかっこ悪くて、田辺さんと仁科さんが知り合っちゃったら、きっと仁科さんは田辺さんに興味を持っちゃうんじゃないかって……思っちゃって」

正直に吐露《とろ》したら、白ワインを口に運んでいた田辺さんは突然笑い出した。

何か素《す》っ頓狂《とんきよう》なことを言ったかな……。

「あはは。すみません、ちょっと意外で。先輩も可愛いところがあるんだなぁって。むしろ安心しちゃいましたよ今」

「安心？」

「ちゃんと恋愛に興味があるんだなぁ、と」

「私、恋愛に興味がないわけじゃないんだよ？　恋愛運がなさすぎて諦めの境地にいるだけで……。とりあえず、田辺さんに言わなかったこと失礼過ぎると思って、ちゃんと謝罪したかったの。本当にごめんね……」

頭を下げれば、慌てたような声を出された。

「先輩、大丈夫ですから、顔上げて下さいっ。私、全くなんにも気にしてませんから」

「そうだとしても、自分が卑怯な気がして……」

「そんなの普通のことじゃないですか。だって自分の好きな人が誰かに靡《なび》いちゃったら、なんとかしたくなるものじゃないですか、人間って」

「……好きな人ってわけではないんだけど」

「あ、そうなんですか？」

「毎日数分話すけど、お互いまだ知らない事の方が多いし。会話して顔を見て癒やされてるってだけだよ」

「なるほどぉ。まあお隣さん同士といっても、接点があるのってそこだけですもんね、普通は」

「うん……」

考えてみたら、仁科さんの事、まだあんまり知らないな。いつも私の話ばかりしてしまうし……。

「先輩って、高級マンションとかに住んでるんですか？」

「へ？ ううん、そんなわけないよ。家賃がすっごく安い、ちょっとだけ古いアパートで……」

本当はくそおんボロアパートだけど。

「そうなんですか？　銀行の御曹司がお隣さんなら高級マンションなんだろうなって思っちゃいました」

「ああ、なるほどね」

「でも、不思議ですね。古いアパートに銀行の御曹司が住んでるのって」

「事情があるみたいなんだけど、訊いても教えてくれないの」

「へぇ、どんな事情なんでしょうね。すごく気になります」

「私も……」

「まあでも先輩。話戻しますけど、たとえ先輩がお隣さんを好きになっても、私は絶対恋敵にはなりませんから。ここに誓います。私、今は彼氏しか興味ありませんから」

「彼氏さんとうまくやってるんだ」

「はいっ」

自分の事を好きじゃなくてもいいから付き合って欲しいと言われて、まぁいいかという軽いノリで付き合ったらしいけど、どうやら田辺さん自身に心の変化があったみたいだ。

何はともあれ、幸せならそれに越した事はない。

それから田辺さんとその彼氏さんとの話をしてるうちに時間は過ぎ、私達はお店を出ることにした。

お互い電車通勤だから駅まで一緒だ。

「こっちに行くと近道なんですよ」

そう言う田辺さんに誘われ曲がった先にあったのは、怪しそうなお店が建ち並ぶ道。

人通りはあるし、店頭の明かりがあるから不気味というわけではないけど、なんとなく雰囲気はいい感じではない。

「田辺さん、一人でいる時はこういう所歩いちゃだめだよ。田辺さん可愛いから危ないよ」

「大丈夫ですよ。声かけられることありますけど、相手にしなければすぐ離れますから」

口振りから慣れてる感じが伝わってくる。

「声かけられたら全力で無視ですよ、先輩」

「う、うん……」

どうか無事に通り抜けさせてください、と祈願したちょうどその時、向かいから歩いてきていた男性グループの一人と目が合ってしまった。

男が不敵な笑みを浮かべ、他の男達に何か一言言うと、あっという間に取り囲まれてしまった。

「おねえさん達どこ行くのー？」

「今から俺たちと飲まない？」

立ち往生《おうじょう》してるところを田辺さんに腕を引かれ、なんとか通り過ぎたのに。

「ちょっとー。ひどくない？　無視とか」

「奢ってあげるからさぁ、一緒に行こうよ？」

下品な笑い方をしながら再び四方を固められた。

「た、田辺さん」

「急いでるんで通してくれませんか。しつこいようなら警察呼びますよ」

おお。田辺さん、なんてかっこいいの。

「おねえさん、気強いねぇ。俺こういう子タイプなんすけろ」

「普通に可愛いねぇ、やば」

「いや、こっちのお姉さんもなーかなかお綺麗で。グへへ」

「え、彼氏いるろー？　連絡先教えてぇ？」

「ばーか、いきなり連絡先教えてくれる訳ねーろ。ほら、睨まれてるじゃねーか」

この人達、相当酔ってるらしい。呂律《ろれつ》はまわってないし、お酒臭い。

「先輩、行きましょう」

「う、うん」

ゲラゲラ笑う四人組の隙《すき》を見て、やや駆け足で脇を抜けようとしたら、男の一人に腕を摑《つか》まれてしまった。

「ちょーっと、おねえさん達、どーこ行くのっ」

「ヒィッ、ちょ、は、放してください」

「あなた達、いい加減にしないと本当に警察呼びますから！　ていうか先輩の腕放しなさいよ！」

田辺さんが伸ばした手は、別の男に摑まれてしまった。

「いやぁ最高。俺この子気に入った！　ねぇ、まじで遊びに行こうよぉ」

「放して！　ちょっと誰か警察呼んでくださいーっ！」

田辺さんの声は周辺に響いたけど、周りの人は本気にしてない感じだ。

「で、こっちのお姉ちゃんは俺とさ、どっか行こうよ」

肩に腕を回され耳元で囁かれた。

首が寒イボで覆《おお》われて、これはいよいよヤバくなってきたかもと肝を冷やす。

こうなったら、全力逃走あるのみ！

田辺さんの手を取って疾走しようと隙を窺っていると、凜とした低い声が後ろから聞こえた。

「何やってんですか」

この声は……仁科さん!?

まさかと思いつつも振り向けば、本当に仁科さんだった。

ネオン照明を背景に立つ仁科さんは、凍り付くような眼差しで私に腕をまわす男を見据《みす》えている。

こんな状況なのに、なんて美しい佇《たたず》まいなんだと見惚れてしまう。

「うーわ、何このイッケメンの兄ちゃんは」

「彼女から離れてください」

心無しかいつもより低い声を放ち、男に歩み寄ってくる。

「はあ？　何この人、おねえさんの彼氏？」

「えっ、いや、彼氏ではないんですけど……」

「彼氏じゃないのー？　じゃあ絡んでくんなよ。ほら、行こ行こ」

「わあっ」

ほとんど押されるように歩き出したせいで、足がもつれて危うく転びそうになった。

「藤子《ふじこ》さんからその汚い手を放せって言ってんだよ」

地を這《は》うような声に、一瞬声の主を疑う。肩にまわっていた腕の重みが消え「イデデデデッ!!」と男の叫び声がした。

振り返ってみると、仁科さんが男の片腕をグリッと背中に回し込んでいた。

澄ました顔ながら目つきだけは鋭くて、しかもスーツ姿は完璧にできる男にしか見えない。あぁ、まるで絵のようだわ。写真撮っちゃ……だめだよね、こんな状況で。

その後、残りの男達がブチキレて仁科さんに襲いかかったけど、それをサッとかわし、一人の顔面を殴り、一人の脛《すね》を蹴り上げ、一人にガンを飛ばしたところで、四人の男達は「覚えてろよー」と捨て台詞《ぜりふ》を吐いてどこかに走り去ってしまった。

それにしても、「覚えてろよ」なんて、ドラマの世界でしか言わないと思ってたのに。ダサいぞ君たち……。

呆然と彼らの残像を見ていたら、どこからか拍手が聞こえてきた。

さっきまで傍観者だった人達が「兄ちゃん、かっこよすぎだって」と仁科さんを賛美している。

「藤子さん、大丈夫ですか?」

「あ、はい。大丈夫です。助けてくれてありがとうございます」

「何もなくてよかったです……」

一悶着《ひともんちゃく》あったというのに、仁科さんは息一つ荒げていない。いつもの涼し気な顔立ちを少し心配そうに崩して私を見ている。

「あの、仁科さんはどうしてここに……」

「……会社の人と飲んできた帰りで、藤子さんに似た人がこの道に入ったので気になって来たんです」

「そうだったんですか」

「藤子さん。この通りは、歩いたらだめですよ」

どこか小さい子を叱るような言い方に、本来ならば反省しなくちゃいけないはずなのに、キュンとしてる私は末期かもしれない。

「あの……、助けて下さってありがとうございます。でも先輩は悪くないんです。私がこっちの方が近道だからって連れて来ちゃったんです」

そう言って田辺さんは私の隣に並んだ。堂々とした口調なのに、目を見開いて、まるで芸能人を見るような眼差しだ。

「あ、この子は私の後輩の田辺さんです。田辺さん、こちらは仁科さん。あの、私のお隣に住んでいる方で……」

「お隣さん……」

ますます目を瞠った田辺さんを一瞥《いちべつ》し、「あなたも気をつけて下さい」と仁科さんが言うと、隣から「ひんっ」と声が聞こえた。

田辺さん……、ひんって何。

「これから帰る所ですか？」

「はい」

「じゃあ、僕の車を近くに停めていますから送ります」

「あれ。でも飲んでたんじゃないですか？」

「……僕は飲まなかったんです。同僚の話を聞いてあげていただけなので」

「そうだったんですね」

悩める同僚の話を聞いてあげてたのか。やっぱり仁科さんは優しくて素敵すぎる。しかも乙女のピンチまで救出して。

かっこよすぎじゃないですか。


田辺さんのことも家まで送ると言ってくれた仁科さんの後ろを、私達は並んで歩き出した。

何か言いたげな田辺さんが、こちらへしきりに顔を向けるから訊いてみれば。

「先輩のお隣さん、やばくないですか……。なんですかこの全てにおいて完璧なイケメンは……」

まったくもって私も同感なのだけど、なんと言ったら良いかわからなくて乾いた笑いをしてしまった。


仁科さんは田辺さんを先にうちまで送った。

最初は後部座席に座っていた私は、「前……、来ますか？」と誘われたので、緊張しながらも助手席に移動した。

仁科さんの車は、流石《さすが》高級車だけあって、車内は開放的で広い。振動も少なく静かで、しかも清潔な香りがする。

スピーカーから流れるしっとりとしたピアノソロは、仁科さんのイメージにぴったりなメロディ。

「あの、改めて今日はありがとうございました。仁科さんがいなかったら今頃どうなっていたか……」

「それは考えたくもないですね」

「……はい」

なんか、今の声ちょっと怖かったかも。

「藤子さん、今度からもし何か危険を感じたら、一番に僕を呼んで下さい。警察よりもはやく駆けつける自信があるので」

「それは……、頼もしいですね」

「冗談ではないですよ、一応」

「はい、それはわかります」

めっちゃ真顔で言ってますからね。

「あ、でも私達連絡先交換してないですよね」

今頃気付いた事をポツリと言えば、仁科さんが「ハッ！」と息を呑む。

なんだろうこの反応は、と隣を見れば、チラリと流し目だけ送って「僕と交換してくれますか？」と訊いてきた。

答えはもちろん。

「はい、是非」

「ありがとうございます……」

赤信号で車が止まるまで、仁科さんは何故か下唇を噛んでいた。

車が停車してる間に、お互い中央に体を寄せ合い、ちゃちゃっと電話番号とメッセージアプリの友達追加を済ませる。

「完了です」

「はい」

二人して自分の画面をジッと眺めた。

新しい友達の欄に追加された仁科さんのアイコン。プロフィール画像は空の写真なんだ……。

連絡先交換って距離が少し近くなったような気がして、しかも相手が仁科さんだからか、なんだか変にドキドキしてしまう。

信号が青に変わり、仁科さんはアクセルを踏んだ。

どことなくむず痒《がゆ》い雰囲気を取り除こうと、改めて頭を下げた。

「あの、今日は本当に、助けて下さってありがとうございました」

「いえ。藤子さんは、……大事なお隣さんなので」

「……」

大事な、は嬉しかったけど、私達の関係はただのお隣同士なんだと思い知らされて、寂しいと思う自分がいる。

「それにしても、仁科さんってお強いんですね。相手は四人もいたのに全く臆してなかったし、顔面パンチとか、かなりキマってました」

「こういう時の為にジムに行ったり武道を習ったりしていますからね」

「……こういう時の為に……ですか？」

「あ……、えーっと、今のはその」

途端に歯切れの悪くなる仁科さんがちょっと面白くて、笑ってしまった。

「なんか仁科さん、戦隊もののヒーローみたいですね」

「ヒーローですか」

「はい」

「……でも僕が護るのは一人だけですけどね」

……一人だけ？

どういう意味なんだろう。

訊くのがなんとなくためらわれて、助手席の窓から景色を眺めているうちにアパートに着いてしまった。

「じゃあ、あの、今日は本当にありがとうございました。おやすみなさい」

「はい。体を冷やさないようにしてください。おやすみなさい」

バタンと同時にドアを閉めた。

今日はベランダには出なかったけど、翌日からはいつも通り、ベランダでビールを飲みながら談笑した。

もう十一月で寒いけど、我慢してでも続けたい習慣……というかもはや中毒？

になってしまった。
仁科さんはこの習慣をやめたいと思ってないかな……。
確認するべきなのに、いつまでも言い出せなかった。
だって……、お隣さんの癒やしがないと、私の精神が荒ぶってしまうだろうから。

弟の訪問

そろそろ街中がクリスマスムードになりつつある頃、弟から、明日家に遊びにきたいと連絡がきた。

半年ぶりに会う弟に美味《おい》しいものでもつくってやろうとスーパーで食材を買い、家に帰宅する。

シャワーを出て、髪を乾かしてからほんの数分後、引き戸のスライド音が聞こえた。

無意識にニヤッと笑いながら、冷蔵庫を開けてビールを掴《つか》む。オレンジ色の厚手のカーディガンを羽織《はお》った。

ベランダに出て隔《へだ》て板の穴を覗《のぞ》くと、珍しく手すりの所で立って向こうを眺《なが》めている仁科《にしな》さんが見えた。

私も手すりに腕を置いて隣を向くと、気付いてくれた。

「あ。お帰りなさい、藤子《ふじこ》さん」

口を動かす度に白い息がホワァと浮かぶ。

こんなに寒くて、ベランダでのビールはもはや苦行に近いのに、相も変わらず私達はこの日課を続けている。

というか仁科さんにやめると言われるまでは続けるつもり。

「ただいまです」

「そのカーディガン、すごく似合っています」

「え？　あ、そうですか？　あ、ありがとうございます……。これ、先週お母さんが送ってくれて……。高校生の時によく着てたもので」

まだ全然着れるから送ったわよーってメッセージが来たんだけど、いざ届いた箱を開けて見てみたら毛玉だらけで、確かに着れるけど外出時不可だな、って思ったカーディガン。

ベランダに出たら仁科さんに会うってわかってたのに、うっかり着てしまった……。うぅ……恥ずかしい。

「仕事お疲れ様です。今日はどうでしたか？」

「えっと、じゅ、順調といった感じです。あ、今日、初めて柏木《かしわぎ》さんと仕事以外の話をしたんですよ」

「柏木さんって、確か藤子さんが苦手って言ってた人ですよね」

「そうです。休憩室で田辺《たなべ》さんとお昼食べてたんですけど、たまたま隣に柏木さんが座ってて。私達、お笑い芸人の話をして盛り上がってたんですけど、近くに柏木さんがいたから、声をかけてみたんです」

仁科さんが言っていた言葉に感化されて一歩踏み出せたなんて、恥ずかしくて言えないけど。

「最初は柏木さんも戸惑《とまど》ってたんですけど、意外に話すの楽しかったんです。……私が倒れてから柏木さん、私に対して高圧的じゃなくなったところもあって。どうも坂本《さかもと》さんが叱ったらしいんですけどね。まあ、とにかく……。ちょっと居づらさがなくなった感じがして、気持ちが楽になりつつあるって感じなんです」

「……そうなんですね」

「坂本さんってたまに話していてイラーッてしちゃう時もあるけど、なんだかんだで良い人だなぁって今日改めて思いました」

パコッと音がして隣を見たら、仁科さんが握《にぎ》っている缶が凹んでいた。しかも中身が溢《あふ》れ出たのか、手が濡れている。

「ビチョビチョじゃないですか！　ちょっと待っててください、タオル持ってきます」

「いや大丈夫ですよ。藤子さん！」

呼ばれた声を無視して、飛ぶような勢いでタオルを掴み取ってきた。

隔て板から身を乗り出して腕を伸ばし、呆然としている仁科さんの手を拭《ふ》くと、彼は私が拭き易いように近づいてきた。

「……ありがとう」

「なんで急に凹ませちゃったんですか？　面白いけど、ビックリしました」

「なんか……、嫉妬《しっと》？」

「……嫉妬？」

なんで？　と顔を上げれば、意外にも顔が近くて息を呑んだ。

「藤子さんが坂本さんの話をする時、楽しそうに笑うので」

「え、そ、そうですか？　別に、楽しいとかじゃなくて、あの、お世話になってるなあっていう、感謝みたいな感じなんですけど」

うう、顔が近くてすごく緊張する！

心臓が爆発しそうなのを悟られまいと、顔を伏せてもう拭く必要がない手をゴシゴシ拭《ぬぐ》う。

「……痛いかな」

「ご、ごめんなさい！　あ、でもお陰で綺麗に拭けましたよ！　えと、タオル戻してきますね」

「あ、待って。僕が洗いますよ」

「いいですよ。こんなのなんでもないですから」

「ビールをこぼしたのは僕なので、僕が洗いたいです」

「大丈夫ですって」

「拭いてくれたのホントにありがたかったので、せめてものお礼を……」

仁科さんは変なところで頑固だなと若干不思議な気持ちになったけど、ここまで洗いたいと言われては断る理由もない。

むしろ、タオルだって私なんかよりイケメンに洗ってもらいたいはずだ。

「わかりました。じゃあ……お願いします」

おずおずと渡すと、満足そうに笑ってくれる。良い事をしたような錯覚までしてしまった。


仁科さんがタオルを一旦部屋に置きに行ってる間に、私は速くなっていた脈拍を落ち着けようと深呼吸をしていたのだけど、戻ってきた仁科さんが隔て板からヒョイと顔を覗かせてきたから、不意を突かれて変な声を出してしまった。

「大丈夫ですか?」

「大丈夫です。ちょっと、びっくりしただけです」

爽やかに笑うのにつられて私も吹き出してしまった。

隔て板でしっかり離れているけれど、こんな近くでお話しするのは初めてで、意識しちゃうと余計にドキドキしてしまった。

「あ、そうだ。あの、明日、私の弟が家に来るんです」

「そうなんだ。いつですか？」

「仕事の後に。だから明日は残業はしないつもりです」

「もしかして藤子さんの部屋に泊まるんですか？」

「その予定です」

「そうなんですね。僕も会ってもいいですか？」

「もちろんいいですけど、……どうしてですか？」

「あー……。ちょっと、観察？」

「あー……、なるほどなるほど」

よくわからないけど、私にとって、とても大事な弟を仁科さんに紹介できるのは楽しみだ。

お姉ちゃん何この超イケメンは⁉　って、ビックリしちゃうかもなぁ。

会社の休憩室。

「先輩、今日残業断ってたじゃないですか。もしかしてデートですかぁ?」

スーパーで買った値引き菓子パンを咀嚼《そしゃく》する私に、田辺さんが不敵な笑みを浮かべ顔を下から覗いてきた。

「デートじゃないよ。弟が家に来るだけ」

「なぁんだ、弟さんかー。先輩にやっと浮いた話がきたと思ってワクワクしてたのに」

そういえば、残業を断ったとき部長にも「お、なんだデートか?」ってニヤニヤされたな。

メープルシロップ多すぎ……と菓子パンを採点しつつ、昼のニュースが流れる壁掛けテレビを一瞥《いちべつ》する。

「ところで、お隣の仁科さんとはなんか進展ないんですか?」

「……進展って呼べるものはないかな。今でも毎日話すけど、ありきたりな日常会話しかしないし」

それだけでもすごく癒やされているけど。

「でも毎日話すってすごくないですか? お隣同士ってだけの関係で」

「確かに。よく考えてみると不思議な関係かも」

「あぁ、先輩達に何か進展があるといいなぁ」

ウキウキした表情をする田辺さんを横目に、運に見放されているし期待するような進展なんてないんだろうなと思いながら緑茶のペットボトルを口に傾けた。

「わー。怖いですね、あれ」

田辺さんの視線の先を追ってテレビを見ると、破損していた鉄骨階段の柵にもたれ掛かった女性が五階の高さから転落したというニュースが流れていた。

「あ、でも怪我だけで済んだみたいですね。よかった……」

「五階って結構高いよね……」

「下に低木がなかったら、どうなってたんでしょうね……」

コンクリートとかだったら……と考え始めて、田辺さんが頭を横に振ったのに気付き思考を止めた。

「なんか……、暗い話になっちゃったね」

「はい……」

また緑茶を飲んだとき、思い出した事があった。

「そういえば私、昔、飛び降り自殺しそうな人、止めた事あるよ」

「えっ！　本当ですか？」

「うん、しかもこのビルの屋上」

「このビルの⁉」

「そう」

あれは確か、六年くらい前のこと。

この会社で派遣社員として働き始めた頃だっけ。

新しい人間関係にまだ慣れてなくて、一人屋上でお昼ご飯を食べるのが私の日課だった。

ある日、いつものように屋上に行ったとき、屋上を囲む柵の向こう側に立つ人を見つけた。

片手は柵を掴んではいたけど、下を覗くその動作に一瞬で『自殺』の言葉を脳裏に浮かべた私は、動揺して手に持っていたお弁当箱を落とした。

「ななな、何やってるんですかっ！」

叫びながら彼の元まで走って、なんとか彼を宥《なだ》めてやめるように説得した。

「わぁっ！　先輩かっこいいじゃないですか！　なんて言って説得したんですか？」

大げさに感心した目を向ける田辺さんに苦笑する。

「それがあんまり覚えてないの。私もすごく必死だったから。泣きながら五階じゃ死ねないよとか、はやまらないで、とか。ありきたりな事をパニックになりながら言ってたと思う。全くかっこよくはなかったよ」

目の前で飛び降りるとか一生忘れられないトラウマになるからやめてだとか、あの人その場に居合わせたのに助けなかったって周りに思われたら困るとか、下手すりゃクビになるかも！　なんて、私は自分のことだけを考えていたことは、今でもはっきり思い出せるけど。

「焦《あせ》りますよね、実際に死のうとする人が目の前にいたら。でも、考え直してくれたんですから、やっぱり先輩すごいですよ」

「うーん、どうなのかな……」

自分が凄いとは思わないけど、私が止めたあの人が今もどこかで生活していて、あぁあの時死ななくて良かったって思っているなら、少しは自分を誇れると思うし、本当にそうであってほしいと思う。

「ちなみにどんな人だったんですか？」

「うーんとね、大学生くらいの若い男性だったよ」

「イケメンでした？」

「……それ重要なこと？」

「一応」

「ちょっと小太りだったかな。顔は思い出せないけど前髪が長くて眼鏡もかけてたような」

「そうなんですかー。あぁ、これでその人と先輩が偶然に再会したら運命感じますよねぇ」

頬杖をついてうっとりと頬を緩める田辺さん。

「そんな偶然があったら確かに運命感じる……」

「……でもきっとあれですね。ドラマや小説の世界でしか有り得ないですよねぇ」

「うん……。そう思う」

どこの誰だかわからないけど、あの人がどうか生きていますようにと窓の向こうの空を見ながら願った。


「お姉ちゃん」

「利宗《としむね》！　久しぶりだねぇ。前よりちょっと大きくなったんじゃないの？」

「なってないよ」

「そう？　男らしくなったからかな？」

待ち合わせの駅で再会した弟は、私が数年前に買ってあげた黒のダウンジャケットを羽織っていた。

　最近美容院にでも行ったのかマッシュヘアをクネクネと捻《ねじ》らせ、いつの間にか高校生読者モデル風に変身している。

「今日何つくる予定なの？」

「今日はね、久しぶりに南蛮焼きにしようかなって思ってて」

「ほんとっ？　やった、久しぶり！　俺、まじでお姉ちゃんのつくるチキン南蛮が世界で一番うまいと思うの」

「またまたぁ。おだてても何も出ないよ？」

「本気の本音だよ」

　私の弟、蓬田《よもぎだ》利宗は自分で言うのもちょっと恥ずかしいのだけど、昔から大のお姉ちゃんっ子だった。

　共働きの両親は家に不在なことが多くて、歳が七つ離れていることもあってか、私はいつの間にか利宗の母親代わりみたいになっていた。

「さっきお母さんに電話して聞いたんだけど、おばあちゃんの漬け物持ってきてくれたの？」

「うん、ここに入ってるよ。お姉ちゃんの好きなキュウリのやつ」

「やったね。ありがとう。みんなは元気にしてるの？」

「うん、みんな元気だよ。相変わらず忙しそうだけど借金返済の目処《めど》がついたから、ピリピリした空気もそんなにしなくなったし」

「……そっか。それはよかったよね」

家族仲は悪くなかったけど、両親は疲れている表情をすることが多かったし、終わらない借金地獄に苛《いら》ついて理不尽に怒られる事も度々あった。

私達兄弟はそういう空気を敏感に察知し、大人しくしたり怒られない行動をとったりと、空気を読むスキルを上げていった。

「お母さんもお父さんも前よりリラックスしてる感じ」

「よかった」

「うん。お姉ちゃんのお陰」

「私は……、何もしてないよ……」

「お姉ちゃんも、これからは自分の為にお金使ってよね」

「十分使ってるよ。会社に行く服とか買ってるもん」

「それだって、何年も着回してるんでしょ」

「そうだけど、流石《さすが》にヨレヨレになったら買い替えてるし……」

「そういうのは自分の為って言わないよ」

そうかなぁ。自分が気に入った綺麗めの服を買ってるけどなぁ。

それに毎日缶ビールも一本飲んでるしなぁ……。

「部屋ももう少しアップグレードしたところに引っ越したら？」

「しないよ。あそこはボロいけど、今じゃ結構気に入ってるんだから
なんてったって、癒やしのお隣さんがいるんだからね。

「あ、そうそう。あのね、お隣さんも利宗に会いたいって言ってるの」

「お隣さん？　あの仲いいおじいちゃんおばあちゃん？」

「ううん、菅野《かんの》さん達はもう別のところに引っ越したんだけど、その後に入った人なの。仁科さんって言うんだけど、よく話したりしてて」

「男の人？」

「うん……」

「……彼氏？」

「違うから」

「お姉ちゃんいつになったら」

「はいはいストップー！　それ以上言わなーい！」

いつになったら彼氏できるのって、そんなの私の方が知りたいっての！

「とにかく。仁科さんも夜ご飯に呼んでいるんだけど大丈夫？」

「うん、大丈夫。俺もお姉ちゃんが仲良くしてる人には会いたいから」

流石、社交的な弟だ。

帰宅して、早速夜ご飯の準備を始める。

まだ途中なのにつまみ食いする利宗に「こらっ！」と叱って。なんだか昔を思い出して懐かしくなった。

ちょうど完成というところで、タイミング良くドアをノックする音が響いた。

「はーい、今開けますね」とドアを開ければ「こんばんは」と誰もが見惚れる笑顔。

危うく溜息が出そうになると、仁科さんは視線を私の首から下に落として、なぜか瞠目《どうもく》。

「エプロンッ！」

「へ？」

「あ……。いえ。えー……と、いい匂いがしてきたから待ちきれなくてもう来てしまいました。……はや過ぎましたか？」

「いいえ、ちょうど今出来上がった所なんです。あがってください」

チョンチョンと腕を小突かれて振り向くと、利宗が目を見開きながら耳打ちしてきた。

「お姉ちゃん何この超イケメンは⁉」

ははは、弟よ。やはり驚いたな。

そうなのだよ。彼が私の癒やしのお隣さんなのだよ。

「利宗、見過ぎだから」

仁科さんに部屋にあがってもらい、弟を紹介し、卓袱台《ちゃぶだい》に案内して座らせるまで、利宗は口をあんぐり開けて仁科さんを凝視していた。

いや気持ちはわかるよ、私だって許されるならずっと見てたいよ、と思いつつ囁《ささや》き声で叱っておく。

失礼な弟の態度に気を悪くするどころか、ニコニコ笑いながら自己紹介までしてくれる仁科さんは、本当に懐が深いんだと思う。

というか、仁科さんと夜ご飯一緒とか。なんですかこの贅沢は。

薄手のクリーム色のセーターを着ている仁科さんは今日もかっこよくて、目の保養だ。

「利宗君は今高校生ですか？」

「あ、はい。高校三年生です。受験生です」

「そうなんですね。大学は決めてるんですか？」

「はい」

利宗が志望大学の名を口にすると、仁科さんは眉を上げた。

「僕の出身大学と一緒」

「本当ですか⁉」

それから二人は大学の話に花を咲かせた。

私はそんな二人の姿を微笑《ほほえ》ましく思いながら、卓袱台の上に料理を並べていく。

「お話中断してすみません。利宗、みんなでいただきますしよ？」

「うんっ！　わーっうまそー！」

「チキン南蛮ですか？」

「はい。あ、苦手だったりしますか？」

「大好きです」

「……よ、よかったです」

弾けた笑顔に心臓を射止められ、赤くなった頬を隠すように顔の前で両手を合わせる。

「では、いただきます」

「いっただきまーす」

「いただきます」

合掌の後に、徐《おもむろ》にスマホを取り出した仁科さんはチキン南蛮の写真を撮った。

「え、写真に納める程見た目そんな良くないですよ……」

「藤子さんに頂く初めての手料理なので、記念に」

「あー……なるほど？　……なんか、でもちょっと恥ずかしいですね」

「じゃあ俺も撮ろ」

「なんで利宗まで……」

「お母さんに送る。お姉ちゃんが作ってくれたよーって。あ、ついでにみんなでも撮ろうよ！」

　誰も同意してないのに、利宗は勝手にスマホを持った腕を伸ばし、画面に私達三人を納める。

　断る理由もないし、というか仁科さんと初記念撮影とかむしろご褒美だと自然と口角が上がり、満面の笑みでカメラに視線を上げた私なのだった。

「その写真、僕にも送ってくれませんか？」

「もちろんですよ！」

　アプリで友達申請し合う二人。

「お姉ちゃんは仁科さんの連絡先知ってるの？」

「うん。こないだ交換したよ」

　ね、と顔を窺うと、仁科さんは「はい」と白い歯を見せて微笑む。

何が面白いわけでもないのに、また二人してクスクス笑っていると、利宗がニマニマァッと含み笑いをして見ている事に気付いて、慌てて仁科さんから顔を逸《そ》らした。

「ええっと、冷めないうちに食べましょっ！」

こしょばくなった空気を変えたくて、箸を勢い良く摑んだ。

チキン南蛮は久しぶりにつくったからちょっと味に不安があったけど、二人とも美味しいを連呼してくれたし、あっと言う間に完食してくれた。

おばあちゃんお手製のキュウリの漬け物は懐かしくて、とても美味しかった。あとでお礼の電話をしなくちゃ。

食後に、大奮発して買ったデパ地下のケーキを食べながら、話題は再び大学の話へ。

進学はできなかったけど大学というものにはやっぱり憧れがあって、課題だとかサークル活動だとかと話す二人の会話を聞きながら、ちょっと自分の大学生活を妄想してみたり。

心を弾ませる様子の弟を見ながら、利宗の大学受験がうまくいきますようにと願った。

「何か受験のことで気になる事があったら、いつでも連絡してください」

「ありがとうございます！　俺、頑張りますよ！」

「応援してますね」

「はいっ」

仁科さんが我《わ》が弟の心まで落としたところで、尿意のあった私はトイレに立った。

二人が仲良くなってくれてよかったと笑みを浮かべながら便座に座ると、「仁科さん、ちなみに彼女いるんですか？」と訊く利宗の声が聞こえた。

「いません」

「へえ、ちょっと意外です！」

うわぁ、それにしてもこんな普通に筒抜けなんだ……。壁薄過ぎ……。

「じゃあお姉ちゃんとかどうですか？」

はいいいいっ⁉　ちょっと利宗っ、何て事を訊いてるのよ⁉

「仁科さん、うちのお姉ちゃんは最高ですよ。本当に健気《けなげ》で優しくて、頑張ってるんです！」

口を閉じろーーっ‼　今すぐーーーーっ‼

「うん、それはよくわかりますよ」

「え、わかります？」

「うん。……人柄に出てますからね」

いや、仁科さんも弟に合わせなくていいから！

「出てますよね！　やっぱりそう思いますよね！　お姉ちゃんホント優しいんですよ。俺の家、借金あって超貧乏で、大学進学は無理って言われてたんだけど、お姉ちゃんが俺には大学に行かせてあげたいって学費を貯めてくれて、しかも毎月の塾のお金も出してくれてるんです」

誰か我が弟の口にガムテープ貼ってくれませんかー!?

「借金返済の為に給料のほとんどを家に送って、ボーナスだって送って。しかも俺には高校生活を楽しんで欲しいからって、バイトするっていう俺をとめたんです。お陰で三年間部活でサッカーできて……」

これはもう、完全に出るタイミングを逃したやつだ。……突然身の上話をしてくれるなよ利宗……。

そんなこと急に聞かされる仁科さんの身にもなりなさいよ。『はぁ、それはそれは……』しか思う事ないと思うよ……？

「多分、お金を稼ぐ事ばかりに集中したせいで、恋愛する時間がなかったと思うんです。全部、家族の為に犠牲《ぎせい》にして」

いや、普通にモテなかっただけだよ？　惨《みじ》めになってくるからやめて？

「だから俺、ちゃんと勉強して絶対大学受かって、お姉ちゃんを安心させたいし、いいとこ就職してお金つくって、お姉ちゃんに楽させたい」

利宗……。

恥ずかしさでいっぱいだった感情が、今の言葉で心が打たれて涙が出そうに……なるわけがなくて、普通に猛烈に恥ずかしいし、どんな顔をして部屋に戻ればいいかわからない。

とりあえずスカートを穿《は》き直していると、今度は仁科さんの声が聞こえた。

「藤子さん、いつも頑張ってますよね。いつも周りに目を向けているし……、苦しんでたり困ってたりしている人を助けて。そのくせ、自分が困ってても周りを優先してそれを誰にも気付かせようとしない。健気で努力家で、家族想いで、可愛い人」

仁科さん……？

「……お姉ちゃんのこと、随分よくわかってますね……？」

「あー……。引っ越してから毎日話してますし、人柄に出てますから」

「仁科さんって、お姉ちゃんのことどう思ってるんですか？」

「それは……。……僕は」

咄嗟《とっさ》に水を流した。

聞くのが怖くて、水の音で掻き消した。

一度目をぎゅっと瞑《つむ》ってから、トイレを出て洗面台で手を洗う。

何も聞いていない、何も聞いてなかった。私はトイレでずっと九九をしていた。そう、ちゃんと言えるかな、って試していた。そう、だから今の会話は何一つ聞こえてなかった。

という設定にして、「何話してたのー?」なんて戯《ふざ》けた風を装って卓袱台まで戻ってきた。

「別にー。受験勉強について話してただけだよ。ね、仁科さん」

「うん」

「そっかー」

迷惑なことに筒抜けだったけどね！　の感情を押し殺して、何も知らない女を演じた。

それでも仁科さんの顔は直視できなくて、目を合わせないようにケーキのお皿を片付けた。

「そういえば利宗君、靴のサイズは何ですか？」

「靴ですか？　二十六ですけど」

「ちょっと待っててください」

急に立ち上がって玄関から出た仁科さんに、私達は顔を見合わせて首を傾げた。

一分もしないうちに戻ってきて、卓袱台の上に箱を置いた仁科さんに、今度は目を瞬く姉弟。

「これは……？」

「友達に貰ったサッカーシューズなんですけど、ちょっと小さくて。サイズが二十六だから利宗君なら履けると思うんですけど、よかったら貰ってくれませんか」

「えっ⁉　いいんですか⁉」

「いやっ、でも、お店で交換とかできるんじゃないですか⁉」

取り出したシューズがベラボーにかっこよくて高そうだったせいもあって、瞳を輝かせる弟を制して身を乗り出してしまった。

「換えに行くの面倒で、そのままにしてたら期限が過ぎてしまったんです」

「そうなんですか……」

「なので、ぜひ。利宗君」

「いいんですか⁉　わああっ！　ありがとうございます！　このデザインかっこい

いですね！」

　申し訳ない気持ちもありながら、嬉しそうな反応をする利宗を見ればやはりこちらも嬉しくて。

「ありがとうございます。仁科さん」

　頭を軽く下げてお礼を言えば、仁科さんはちょっと照れたようだった。


　それから談笑を楽しみつつ、仁科さんは使わないからといろいろなものを部屋から持ってきて利宗にくれた。

　昔使ってた参考書やミニタブレット、未使用の鞄、帽子にサングラスまで。

　流石に貢ぎ過ぎでは……と心配になってきた頃に、彼は満足そうな顔をしてお隣に戻っていった。


　実家にいた時は家が狭くて小さかったから、私達姉弟は同じ部屋で寝ていた。

　その時を懐かしみながら、並んで寝る。

　私は布団で、利宗は寝袋。

　申し訳ないけど、お客さん用の布団はなくて、寝袋は私が使うからって言ったけど、年功序列だよ、と弟に奪われてしまった。

「お姉ちゃん、今日はありがとう」

「こっちこそ、来てくれてありがとう」

みの虫のようにモゾモゾ動きながらくの字になる弟。もう十八だというのに可愛いなぁと思ってしまう。私も弟バカなのかもしれない。

「仁科さん、良い人だね」

「そうでしょー？　毎日話してるけど、毎日良い人なの」

「いろいろ高そうなものばっかりもらっちゃったね……。お姉ちゃん、何かお礼しないと……」

「そうだね……。何をあげたらいいかな」

二人であれこれと考えてみたけど結局いい案が思い浮かばなくて、会った時に直接伺ってみようという結論に至った。

「それにしても、お姉ちゃんがこの部屋を引っ越さない理由がわかった。おんボロだし階段は今にも崩れ落ちそうだしいろいろやばそうだけど、お隣にあんなにかっこいい人がいたら気にならなくなるよね」

「うん……。ここだけの話ね、仁科さんにはホントに毎日癒やされてるの。仕事で嫌な事があっても仁科さんと話したら忘れちゃうし、というか顔見ただけで癒やされる」

「お姉ちゃんが好きそうなタイプの容姿だしね」

「いや、好きそうっていうか、ドンピシャのタイプだね」

「しかもエリートで性格までいいし」

「ハイスペック過ぎだよね」

「すごい人がお隣にいるね、お姉ちゃん」

「うん……」

手を伸ばしてランプを消した。

このランプは私の部屋で数少ない女子っぽさのあるアイテムの一つで、失恋した田辺さんを慰めた数日後に「先輩のお陰で立ち直れましたぁ。これお礼です、受け取って下さいぃ」と、田辺さんがほとんど押し付けるようにくれたものだ。

小さいけれどアンティーク風でなかなかにお洒落《しゃれ》。

「ねぇお姉ちゃん」

「んー？」

「仁科さん彼女いないんでしょ？」

「うん……そうらしいけど……」

「付き合ったらいいのに」

「ちょっと利宗！　急に何言ってるの」

「だってあんなハイスペックでフリーな人なんて、これからの人生でもう会えないと思うよ？」

それは激しく同感しちゃうけど。けども、だ。

「あれだけの素敵男子、私には勿体《もったい》なさすぎるでしょ」

「勿体なくないよ」

「あ、ていうかお父さんとお母さんの健康状態はどうなの？」

「……話の変え方が乱暴すぎる」

「乱暴って、そんなことはないでしょ。ほら、私も忙しくてなかなか実家に戻ってないでしょ？　気になるでしょ、両親の事、ね」

これ以上仁科さんについて話すと、心臓が暴れて体もむず痒《がゆ》くなりそうで、強制終了させてしまった。

仁科さんのことを思うと、ドキドキと胸が鳴って焦《こ》がれるような気持ちになる。

あれ……私はもしかすると、仁科さんのこと……。

折角無理矢理話題を変えて父母のことを聞いたのに、頭の中は仁科さんで占領されていて、利宗がしてくれた話もほとんど聞いていなかった。

そしていつの間にか私達は眠っていた。

気付いた気持ち

翌日は土曜日だったお陰でゆっくりとした時間を過ごす事ができた。

昼過ぎに利宗《としむね》を駅まで送って別れ、家に帰って掃除と勉強をした。

作業の合間にふと手を止めて考えてしまうのは、お隣の仁科《にしな》さんのことだった。

仁科さんの部屋からは生活音があまりしない。前に住んでいた仲良し老夫婦はテレビの音や食器のガチャガチャした音、料理時に出る音とか、とにかくいろんな音が聞こえていたのに。

もしかしたら出掛けているのか、はたまた一日中寝ているか。

一体どんな休日を過ごしているんだろうと妄想をし始めた自分にハッと気付いて、慌てて作業に意識を戻すことを繰り返す。

首の凝りを感じて、卓袱台《ちゃぶだい》に広げた参考書をパタンと閉じた。

「休憩しよ」

マグカップに紅茶を淹《い》れ、ブランケットを適当に羽織《はお》りベランダに出た。寒い風が頬を掠《かす》め髪がふわぁっと靡《なび》き、あまりの寒さにブルッと震えた。

「あ、藤子《ふじこ》さん」

振り向いたら、隔《へだ》て板の穴の向こうには仁科さんがいた。目を瞠ったけど、本当はベランダに出たら仁科さんに会えるんじゃないかと期待していた。

「あ。仁科さんもベランダに出てたんですね」

「うん、ちょっと外の空気を吸いたくなって」

「一緒です。私も今勉強してて休憩に」

「そうなんだ。勉強、お疲れ様です」

鼻の先がほんの少し赤みがかった笑みも素敵だ。何かいい事でもあったのか、今日の仁科さんの笑顔はいつもより幸福感が高そうで眩《まぶ》しい。

胸の高鳴りを紛らすように、紅茶に映る自分を見つめる。

「昨日は、利宗にいろいろと物をくださってありがとうございます」

「大した物ではないですよ。使わない物でしたし……。でも喜んでくれたみたいでよかったです」

総額うん十万くらいいってるはずだから、大した物ではないわけがない。

「あの、利宗とも話してて、何かお礼をしたいなって思ってるんですけど……。何か欲しい物とか、私にできることとかありませんか？」

今考えてみると、高所得者の仁科さんの欲しい物を貧乏人の私に買えるかな。

「……何か、していただけるんですか？」

「あ、はい。私にできることなら」

振り向いて見た仁科さんはどこか高揚としていて、瞳の輝きが増している。

「じゃああの、僕にご飯をつくってくれませんか？」

「そんなものでいいんですか？」

「はい。藤子さんが僕の為につくるご飯が食べたいです」

「仁科さんの……為に？」

するとハッとしたような素振りをする仁科さん。慌てたように目を逸《そ》らして、苦笑する。

「あのー。誰かにつくってもらうご飯が懐かしいなと最近よく思うようになって。藤子さんは料理が上手だから、また一緒に食べたいな、とですね……」

なるほど。一人暮らしをすると自炊や外食、コンビニのお弁当とかが普通になるけど、やっぱり誰かが自分の為につくってくれるご飯が恋しくなるものだよね。

「味の保証はできませんけど、ぜひつくらせてください。何かリクエストはありますか？」

「いいんですか？」

わぁ、嬉しそうな顔。何、この少年のような無垢な笑顔は。可愛い。写真撮りたい。永久保存したい。

「なんでもつくりますよ」

「じゃあ、カレーがいいです」

「カレーですか？　……市販のルーを使うのしかできませんけど、それでいいのなら」

「それでいいです。藤子さんがつくるなら」

「じゃあ、今日の夕飯にでもつくりますよ。ちょうどルーがあるんです」

「いいんですか？」

「はい。できたら呼ぶのでうちに来てもらっていいですか？」

「ぐ……。はい。ありがとうございます」

束《つか》の間《ま》、なぜか下唇を噛んでから、仁科さんはどことなくぎこちない笑みを浮かべた。

準備をするからと仁科さんに言ってベランダから部屋に戻った私は、早速カレーづくりに取りかかった。

グッドタイミングで材料は全て揃《そろ》っている。利宗が来るからといろいろ買っておいてよかった。

それにしてもだ。昨日も思ったけど、自炊だと意欲が湧《わ》かないのに、誰かの為に料理をするってなるとなんだか気持ちもシャキッとするし、ルンルンってなるし、いつの間にか鼻歌も歌っている。

それに心拍数がやけに高い。

昨日も手作り料理を食べてもらったんだし、緊張しなくてもいいのに。


「ん、美味《おい》しい」

味見して普通に美味しいカレーができたと胸を撫《な》で下ろしたとき、ノックの音が響いた。

ドアを開けると、紺のカーディガンを羽織った仁科さんが紙袋をさげて立っていた。

「すみません、呼ばれていないのに。……はや過ぎましたか?」

「ちょうど今できた所なんですよ。入って下さい」

玄関で靴を脱いだ仁科さんに紙袋を渡された。中を確認すると、さくらんぼ味の日本酒の小瓶が入っている。

「ありがとうございます。私果実の日本酒好きなんです」

「好きそうだと思って買ったんです」

「あ、今買いに行ってたんですか？」

「いえ、少し前に買ったんですけど、渡すタイミングに迷ってて」

「そうだったんですか。ありがとうございます。カレーを食べたあとに一緒にいただきましょう」

「それは最高ですね」

瓶を冷蔵庫に入れてから、卓袱台にカレーライスのお皿とサラダを運び、二人で向き合って座った。

真正面に座る癒《い》やしのお隣さんに、今になって自室にイケメンを連れ込んだぞという状況に気づいてしまって、取り乱してしまうんじゃないかって心配になってきた。

心臓がバクバクしてきた。

「ありがとうございます。写真、撮ってもいいですか？」

「えっ、いいですけど。見栄えそんなによくないですよ……？」

雑ではないけど盛りつけはパッとしないし、周りを飾るのは地味な卓袱台と黄ばんだ畳だ。おばあちゃんの家に来ました感しか醸《かも》せないと思う。

「藤子さんが僕の為だけにつくってくれたカレーですから、大事な記念です」

恥ずかしい台詞《せりふ》をサラリと言って、スマホで写真を撮っている間に、私は赤くなった顔を冷ますために頭の中で必死に「どんぐりころころ」を歌っていた。

それから二人でいただきますと合掌し、スプーンを手に取った。

「美味しい」

「よかったです。流石《さすが》、市販のルーです。失敗しにくい処方ですから」

「ははは。でも真面目《まじめ》に、今まで食べたカレーの中でダントツにこれが美味しいです」

「またまたぁ。流石にそれは言い過ぎですよ」

こんなスーパーの特売で買ったカレーが、御曹司が食べたカレーの中で一番に美味しい訳がない。

でも、苦しすぎるお世辞だとしても、本当に美味しそうに食べてくれる仁科さんに、心が温かくなって、しかもドキドキと胸が鳴った。


お隣同士になってからはや半年。

雨や台風の日以外、毎日欠かす事なく私達はベランダでお喋りをしてきた。それは三十分もない短い時間だけど、今日の出来事をお互い、というより仁科さんが積極的に聞いてくれるから主に私の一日について話しているけど、話すとスッキリして、笑顔に癒やされて、励ましの優しい言葉に助けられて。

この人のお陰で私の毎日はキラキラと輝いている。


「おかわり、いいですか？」

「はい、もちろんです」

先ほどよりは少ない量を盛って、仁科さんの前に置く。

「量、多かったですか？」

「いえ、丁度いいです」

うわぁ、なんだこの新婚感。

体中がむず痒《がゆ》くて、麦茶を飲んで気を紛らわす。

チラッと仁科さんを盗み見て、また胸が高鳴る。

あぁ、そうか。私、いつの間にか完全に仁科さんに心を持ってかれたんだ。

私、この人の事が好きなんだ。

真正面に座ってカレーを咀嚼《そしやく》する癒やしのお隣さんへの気持ちにやっと気付いたら、なんか幸福感が漲《みなぎ》ってきて、自然とニヤニヤ笑ってしまった。

「どうしました？」

「あ、いいえ。なんか、美味しそうに食べて下さるので嬉しいな、と」

「あの、よかったらまた、何かつくってくれませんか？」

「私の料理でよかったらいつでも」

ドキドキと緊張しているのを悟られないか不安になりつつ、なんとか声を震わさないで言うと、仁科さんは優し気な微笑《ほほえ》みでしばらく私を見つめてきたから、無意識に呼吸を止めてしまった。

やっとカレーに意識を戻してくれたお陰で、酸欠で卒倒する危険は免れた。

カレーを完食し、先ほど頂いたお酒を飲んでいると、仁科さんが床に転がっていたトランプの箱に気付いた。

昨日寝る前に少しだけ利宗と神経衰弱をして遊んで、棚に戻し忘れていたものだ。

それがきっかけで二人でスピードをする流れに。

私は結構自信があったのに、仁科さんてば疾風《しっぷう》の如《ごと》く手が速くて、連敗だった。

「わぁあっ！　また負けたー！　悔しいんですけど！」

「今のはいい勝負でしたね。ちょっと焦《あせ》りました」

「本当に焦ってました？　すごく涼し気な顔でしたよ？」

「密かに奥歯を噛み締めていました」

次の勝負を最後にすることにした。すると仁科さんが私に赤のカードの束を渡しながら「賭けをしませんか？」と申し出てきた。

「賭け？」

「はい。勝った人のお願いを一つ、聞くってていう」

「……それ、自分が勝つってわかってて言ってますよね？」

「ははは。そんなことはないですよ。勝負事は何があるかわかりませんから」

なんて爽やかに笑ってるけど、これは確信してるに違いない。

だけど、断る理由も特にない。仁科さんにはお世話になりっぱなしなのだから、どういう形であれ、お願いがあるならむしろ聞いてさしあげたい。

「わかりました！　その勝負、受けて立ちましょう！」


そして、見事に完敗した。

「だろうな……とは思ってましたけど」

「ははは。藤子さん、ちょっと焦ってましたね」

最後の方なんて思わず奇声をあげてしまった。うぅ、恥ずかしい。

「しょうがないですね。はい、私の負けです。仁科さんのお願い聞きます。なんでもどうぞ」

「じゃあ……」

カードを集めながらどことなく躊躇《ためら》う様子をみせつつ、ゆっくりと顔を上げる仁科さん。

「僕のこと、名前で呼んでくれませんか?」

「……名前?」

「はい、蒼真《そうま》って」

途端に、顔が熱くなった。はい、真っ赤。絶対真っ赤。

目を合わせられなくて、視線を畳に下げてから、震える声を出した。

「……蒼真……さん?」

チラッと正面を盗み見ると、感極まったような顔があって、ちょっと驚いてしまった。

「藤子さんに名前を呼んでもらえるとか、今日は……、幸せな事づくしですね……」

「そ、そうですか?」

「感無量です。あの……録音していいですか……」

「え……いや、それはちょっと」

「……冗談です」

よくわからないけど、喜んでくれたなら嬉しいし、今度はなんだか照れてくる。

しばらくお互い照れ照れ状態で、それが妙に痒くて、ドキドキして。

ああ、やばい。

癒やしのお隣さんが、いつの間にか愛おしくて堪《たま》らない存在になってる。


それから一週間、私は二度も仁科さんを自宅に招いて料理を振る舞った。

というのも、仁科さんが松茸や高級肉をくれて、一人じゃ食べきれないから一緒に……という流れでそうなったのだけど。

やっぱり高級なお肉なんて人生で初めてだったから、口に入れる時震えてしまった。仁科さんがジッとこちらを見て感想を待っていたのも体の震えに拍車をかけていたのだけど、本人は知らないんだろうな。

とにかく、一言で言って高級肉は至極美味だった。すき焼きにして頂いたけど、この世の物とは思えない程絶品だった。

美味過ぎて動揺してしまい、素手で鍋を摑《つか》んで火傷《やけど》したほどだった。

今日は久しぶりに残業を一時間だけして、ファミレスで勉強して帰宅した。

シャワーを浴びようかと準備していた時に、隣からベランダの引き戸がスライドする音が聞こえてきて、予定を変更する。

ビールは流石《さすが》に寒すぎてやめたけど、癒やしの談笑習慣は未だに続いている。

ブランケットを羽織ってベランダに出た。

「あ、藤子さん。こんばんは」

「こんばんは」

隔て板の穴の向こうに仁科さんはいた。

紺のダウンジャケットにマフラーまで巻いて、完全防備。モコモコ姿まで様になっている。

「今、お湯を沸《わ》かしているんですけど、藤子さん、紅茶飲みますか？」

「いいんですか？」

「はい、ちょっと待ってて下さい」

それからしばらくして、仁科さんは紅茶の入ったマグカップを渡してくれた。

「ありがとうございます。温かいです」

「苺とショウガの紅茶です。体が温まりますよ」

「香りが最高です」

フルーティな香りと「甘い香りですね」と微笑む仁科さんのコンビネーション。

あぁ、素敵。好き。甘い。

トロンとしそうになった自分に気付いて、慌てて紅茶を啜《すす》る。

「美味しいです」

「よかったです。ビールは流石に寒過ぎますからね。これからは温かい飲み物にしましょうか」

これからは……って。

仁科さんもこの時間を続けたいと思っているんだ。

嬉し過ぎて胸の所がキューンとしてくる。

「そうしましょう」

「はい。今日はどうでしたか、会社」

「今日は、あ、給料明細を貰いました！」

「いいですね」

「はい、ふふふ」

給料額なんて毎月そんなに違いはないけれど、明細を見るのはいつも気分が上がる。

「今日の仕事は少し忙しかったです。年末はいろいろすることが多くて大変ですね。あ、実は部長が珍しくミスをして、それが原因で危うく明日は休日出勤になるところだったんですけど、なんとかみんなでフォローして事無きを得て、無事に休日になりました」

「それは、大変でしたね。あ、ちなみに僕は明日、休日出勤なんです」

「そうなんですか？　それは……、あの、お勤めご苦労様です」

「あはは。はい。本当は家にいたいんですけど、どうしようもないので頑張ってきます。明日は何か予定があるんですか？」

「ありません。多分、家で勉強して掃除して……。いつも通りですね」

「そうですか。勉強頑張って下さい」

「はい」

目が合えば二人とも自然と頬が緩んで、なんでか知らないけど吹き出してしまった。

今の何が面白いのかさっぱりで、なんで私達は笑ってるのかわからないけど、こういう時間が幸せすぎる。

「昨日はお肉、本当にありがとうございました」

「いえ。美味しく料理して下さってありがとうございました。そういえば、指は大丈夫ですか？」

左手にマグカップを持ち替えて、火傷《やけど》をした右手の親指と人差し指の先を見た。まだちょっと赤いけど、大丈夫そう。

「もう痛みもありませんし、よくなりました。ほら」

穴に手を寄せれば、仁科さんの手が伸びてそっと掴まれた。

ドクンと脈が飛んだ。少しひんやりした乾いた手は、しっかり男の人の手というか、骨張っていて大きい。

仁科さんが私の手を触っている……。

「本当ですね、大丈夫そう……」

顔を上げた仁科さんと目が合って、お互い息が止まったように思えた。

ドキドキと心臓が暴れる。こしょばくてちょっと恥ずかしい。

手の平にあった仁科さんの親指を巻き込んでぎゅっと握《にぎ》ったら、仁科さんの残りの指に手を包み込まれた。

それから、お互いゆっくりと隔て板の穴に顔を寄せて、そっと触れるだけのキスをした。

「藤子さん」

名前を呼ばれた途端、急に恥ずかしくなってきて、いろんなところに視線を飛ばしながら変に笑ってしまう。

「なんか、冷えてきましたね。私、部屋に戻りますね。あの、また……明日。……

おやすみなさい」

直視できない。暗くてもわかるくらい顔は赤いはずだし、焦ってるのバレバレだ、きっと。

「はい、また明日。おやすみなさい」

会釈《えしゃく》して、逃げ込むように部屋に戻った。

って、マグカップ持ってきてしまった……。洗ってから、明日返そう……。

しばらく私は布団に突っ伏していた。

仁科さんの唇の感触を思い出しては、声にならない悲鳴と共に足をバタバタさせる。

私ってば、キスしてしまった。酔った勢いとかじゃなくて、あんな、自然に……。

「ひゃああっ。なんて大胆なっ！」

枕に顔を押し込んで叫んでから、パッと起き上がる。

「だめだ。私、好きだ。すごい好き……」

呟いて、また布団に顔を埋める。

好きなのは再確認したけど、さて……、明日からどんな顔して会えばいいんだろう……。どんな顔でマグカップを返せばいいんだろう。

シャワーを浴びながらも、さっきのキスのことしか考えられない。

仁科さんは、今頃何を思ってるんだろう……。

その日は悶々《もんもん》とする夜を過ごしたのだった。

正体

昼過ぎに起きてしまった。

ここ半年はほとんどずっと快眠続きだったのに、久しぶりになんて気怠《けだる》い寝起き。

卓袱台《ちゃぶだい》の上に置いてあるマグカップが目に入った。

昨夜はあれを見るだけで悶々《もんもん》としてたけど、質の悪い睡眠だとしても眠ったお陰か、今は見ても落ち着いていられる。

考えてもしょうがない。夕方になったらベランダに出て、いつもみたいに普通に会話してマグカップも返そう。

昨日のことは恥ずかしいけど、後悔してる訳じゃない。私にとっては、甘酸っぱくて幸せなこと。

今、一番気になる事は、仁科《にしな》さんの気持ちだ。

むくりと起き上がってから、歯磨きと洗顔をすると、ボーッとしていた頭もシャキッと起きた。

コーヒーを飲みながら、そういえば給料明細が未開封のままだと気づき、鞄から取り出す。

それを持ったまま、部屋の空気を入れ替えようとベランダの引き戸を開けた。首筋を撫《な》でる冷えた空気に「ううっ」と震える。

温かいコーヒーを一口啜《すす》って、なんとなく視線が向かうのは隔《へだ》て板。昨夜のキスを思い出して、ドギマギしてしまう。キス自体が久しぶり過ぎるから余計にだ。

隔て板の穴の向こうに誰かいるような気がしてしゃがんで覗《のぞ》いてみたけど、誰もいなかった。

仁科さんは休日出勤って言ってたし、いるわけないのに。

その時強風が吹いて、持っていた給料明細が飛ばされた。

「あっ」と声を出した時には、それは穴を通り仁科さんのベランダに入ってしまった。

手の届きそうな距離に着地したのを安堵《あんど》しつつ手を伸ばしたが、またビュンと風が吹いて、封筒はベランダの端まで飛んでしまった。

どうしよう……。

コーヒーを部屋の床に置いてから、箒《ほうき》や何か長い棒を使って取ろうと思ったのだけど、風はいまだに吹いていて、大事な封筒はベランダの手すりに辛うじて引っ掛かっている状態。

いつ何時《なんどき》空へと飛ばされるかわからない……。

バッと行ってバッと戻れば。そう決めてすぐに行動に移す。

良い子は決して真似《まね》してはいけないことだけど、二階だという事と落下しても雑草の生い茂る地面なら落ちても軽傷で済むだろうと高《たか》を括《くく》り、手すりに足をかけ、慎重に仁科さんのベランダへと移動した。

給料明細を無事確保し、自分のベランダへ戻ろうと振り返ったとき、見てはいけないとわかっていたのに、磁石のように視線が部屋の中に向いてしまった。

カーテンを引いていなかったから、見えてしまったのだ。壁一面に貼ってある無数の写真を。

心拍数が急に上がった。

窓が日光を反射してることと、距離があることで写真の人物ははっきりしないけど、黒髪の女の人らしい。

誰なんだろう……。アイドル……とか？　仁科さんって、ああ見えて意外に推しがいるのかな……。

って、私ってば人様の部屋を覗いて何してるの！

はやく戻るべきなのに、人としてやってはいけないことをしてると自覚してるのに、目はあの壁にフォーカスしてしまう。

無自覚だったのか意図してたのか、引き戸の把手に手をやれば、なんと鍵が開いていて、ガラガラと音を出しながら開けてしまった。

あの写真……、あの写真の人を見たら、絶対すぐ戻る。

生唾《なまつば》を飲んで、部屋に上がった。

そして、壁一面に貼られたその人物を特定した途端、全身の血の気が引いた。


全部、蓬田藤子《よもぎだふじこ》。そう、……私だったのだ。


カメラ目線の写真は一枚もなく、どれも日常を過ごす私を距離を置いた所から撮ったようなものばかり。……まるで、盗撮。……ていうか、私の了承無しで勝手に写真が撮られているのだから、これは間違いなく盗撮。

写真の下部には日付と場所。……五年前のものまであった。

なんで……こんなものが仁科さんの部屋に……？

いつの間にか給料明細の封筒を握《にぎ》りしめていた。シワシワになったのに、そんなこと気に留める余裕もない。

困惑と恐怖が頭を占領する。

私以外誰もいない部屋を、速すぎる脈拍と共に見渡す。

写真がある壁の向かい壁には白く光沢のある作業机と同色の棚。古くさい和室に似合わないデザインでやたらと高そう。そしてその上部には額《がく》に収められた藤《ふじ》の花の絵。

机の上に分厚いノートを見つけた。私の何かがそれをヤバいブツだと判断する。唇を堅く結んで、それを手にとり、中を開いた。

年月日の記入の後に、綺麗な字が続く。


――――今日は藤子さんの弟、蓬田利宗《としむね》君が藤子さんを訪問した。透き通るような白い肌を持つ藤子さんとは違い、利宗君はやや色黒。部活で日に当たっているからか、それとも色黒なお父様からの遺伝か。とにかく若いのに礼儀正しく愛嬌《あいきょう》もある。きっと小さい頃から母親代わりをしていたという藤子さんのお陰で、あんなに立派に育ったのだろうと感銘を受けた。利宗君の為に買ったサッカーシューズや、その他の品々も喜んでくれたみたいで安心した。僕にありがとうと言ってくれた藤子さんのあの笑顔を思い出す度に胸が焦《こ》げるようだ。今日は初めて藤子さんの手料理を食べた。チキン南蛮。感動するほど美味《おい》しく、またエプロン姿が大変美しかった。写真に収めることができなかったのが悔しくてならなかったが、利宗君が集合写真を送ってくれた。それから利宗君に藤子さんのことをどう思っているか訊かれた。何も言えなかった。正直に言えたらどれだけ良いか。僕が藤子さんをどれだけ慈《いつく》しんでいるのかを……。なにはともあれ、久しぶりに弟に会えた藤子さんは幸せそうだった。今日も藤子さんの無事を見届ける事ができた。幸せな一日だった——

そしてチキン南蛮の写真が文の下に貼られている。

読んでる間、息をするのを忘れていた。ハッと気付いて酸素を吸えば、どんどんと荒くなる呼吸。

……なんで私のお父さんが色黒って知ってるの……？

利宗にあげたサッカーシューズって、友達に貰ったものじゃなくて、わざわざ買ったものだったの……？

私を……どれだけ慈しんでいるか……？

唾を飲んで、もっと前のページを適当に開く。

——今日の藤子さんは茜《あかね》色のカーディガンを着ていた。艶やかな黒髪に白い肌、そして美しい顔によく似合う色だと思った。藤子さんの着る夏の服も好きだが、他の男の目に藤子さんのあの白い肌が晒《さら》されると考えるだけで僕は苦しくなるから、冬の訪れを正直嬉しく思う。今日藤子さんは会社の話をしてくれた。柏木《かしわぎ》の態度が変わった事と坂本《さかもと》の話。藤子さんのあの桜の花びらの如く可愛らしい唇から、他の男の名前が出るだけで苦しいのに、藤子さんが楽しそうに話した事がもっと、溜まらなく嫌で、僕は怒りを表してしまった。それなのに心優しい藤子さんは、僕を心配し、そして濡れた僕の手を拭いてくれた。初めて、藤子さんが僕に触れた。胸が爆発するかと思った。僕を見上げた藤子さんがあまりにも近くて、僕は理性を保つのに必死だった。ああ藤子さん、藤子さん藤子さん藤子さん藤子さん藤子。一度肌が触れると、欲望が渦を巻く。もっと藤子さんに触って欲しい。藤子さんに触りたい。藤子さん藤子さん藤子さん、この漢字までもが愛おしい。藤子さんが僕の手を拭いてくれた時に使用したタオルはしっかり保存してある。欲望が暴走しそうになったら、このタオルを胸に抱いて眠ろうと思う——

……この気持ち悪い内容をびっしり書き留めたものは……仁科さんの日記……？

分厚いノートは五冊あり、確認すると全部日記だった。読むのが怖くてざっくりとしか目を通せなかったけど、一番古い年月は五年前で、どのページを開いても私の名前が必ずあった。


これって……本当にあの仁科さんが書いたものなの……？

ていうか、タオルはしっかり保存って……？

どこに……と眼球と頭があちらこちらへと彷徨《さまよ》う。何となく心のレーダーが察知したのは、机の引き出しだった。

一番上の引き出しをゆっくり開けると、中には複数のジップロック。それぞれ何か入っている。

その中の一つにアイスバーの棒を見つけた。途端に悪寒が背筋を走ったけど、なんとかそれを摑《つか》み上げる。

そのジップロックには油性マーカーで年月日が書いてあり、その下にこう記載されていた。

――藤子さんが食べた幸運の当り付きアイスバー（未洗浄）――


「ヒィッ」

思わず悲鳴が出て、それを投げ捨てた。

気持ち悪い！！！！！

顔面全体を恐怖に引きつらせて、その他の引き出しを開けると、どの引き出しにもジップロックと私に関連する物が入っていた。

――初めて僕の手を拭いてくれた時に使用したタオル――

――お粥を食べた時に使用したスプーン――

――藤子さんの髪――

――ファミレスで藤子さんが落としたレシート――

体中が震えている。もう恐怖。恐怖しかない。ていうか気持ち悪い！

仁科さんって……私のストーカーだったの……？

頭の天辺《てっぺん》からつま先まで鳥肌に襲われ、異常に震えた。怖いのと気持ち悪いのとドン引きで精神が崩壊しそう。

ここにいてはいけないと今頃危機を察知し、私は部屋を飛び出しベランダから自分の部屋へ逃げたのだった。

拒絶

仁科蒼真 Side

『だめだ。私、好きだ。すごい好き……』

あぁ……、藤子《ふじこ》さんが。あの藤子さんが。

藤子さんが、僕を……。

ああ、会いたい。藤子さん、会いたい。会いたい。仕事なんかどうでもいい。藤子さんに会いたい。藤子さん……ああ、藤子さん、藤子さん……。

「課長。……課長。課長？」

「あ、すみません。なんですか」

「えーっと、さっき言われた箇所の訂正をしたんですけど、確認して頂けませんか？」

「わかりました」

部下に手渡されたタブレット型端末の画面をスクロールしながら、指摘した箇所等に目を通し、片方の手で電卓を操作する。

「ここ、交際費の合計が合ってません。あとここ、まだ漢字が違います」

「あ、すみません。すぐ直します」

「それ以外は大丈夫そうです。あと相内《あいうち》さん担当分の給与台帳の作成納期が遅れているので、手が空いたらフォローお願いします。それから水野《みずの》さんに今月の請求書発行のデータを早急に僕に送るように伝えてもらっていいですか」

「はい、わかりました」

「ありがとうございます」

デスクに戻る部下の背中からデスクトップ画面に視線を移動しマウスに右手を乗せる。

十二月は普段の業務に加えて年末調整等も重なるため多忙な月だ。そのため折角の土曜日も出勤。

本当なら僕はあの小さな部屋で、お隣の藤子さんの足音や生活音、それから独り言を聞きながら至福の境地に浸っているはずなのに。

とりあえず今は仕事に集中だと、現金出納《すいとう》のファイルをダブルクリックした。今月分の数字を眺めながら、やはりどうしても藤子さんを想ってしまう。

藤子さんはお淑やかで清楚で落ち着いた外見によらず、少しおっちょこちょいな節がある。

一昨日も熱い鍋を直に触り指を火傷《やけど》した。藤子さんの綺麗な指に火傷の跡が残るのではと心配したが、昨日手を見たときは大丈夫そうだった。

それにしても、藤子さんの手は白く細く、すべすべで、柔らかかった。

そして僕たちは昨日、あのベランダで唇を重ねた……。

「ああっ」

思わず前頭部を両手で抱え、肘を立てた。

あの藤子さんと、藤子さんのあの可愛らしい唇と、僕は……。

「これは夢か！」

いや、夢ではない。あの感触、夢であるはずがない。藤子さんとキスした。藤子さんと……。藤子さん。藤子さん。会いたい。帰りたい。会いたい。藤子さん。ああ、藤子さん。

「課長、体調悪いんじゃないですか？」

「ちょっと、仁科《にしな》課長が頭抱えてるよ⁉」

「あの仁科課長が何か悩んでる⁉」

「課長だけでも帰らせましょうよ！」

「で、でも課長いないと困る」

聞こえてきた経理部の部下達のざわめきに、藤子さんを想うあまり取り乱している事に気付いた。

伏せていたユルユル状態の顔をサッと仕事顔に貼り替え、背を伸ばして座りなおす。

二時間、なんとか今やるべき仕事に集中し、終わらせる事ができた。

その間、部下への指示や上役への電話等、臨機応変に対応していれば、流石《さすが》に疲れる。

癒《い》やしだ。癒やしがなければ、午後からの仕事に支障をきたす。

そっとスマートフォンを取り出した。

鍵をかけている極秘写真フォルダを選択。パスワードは藤子さんの誕生日、０５０２。

いろんな角度から写真におさめた藤子さんが僕を迎えてくれた。

ああ、藤子さん。いつ見ても麗《うるわ》しく美しい。ああ藤子さん。

この写真は最近追加したもので、ファミレスで夕飯と勉強を同時進行している時の藤子さん。

長い髪を一つに束ね、眉間《みけん》にシワを寄せて参考書を睨《にら》む姿がなんと可愛らしいことか。ああ藤子さん。

藤子さんもこんなに頑張っているのだから、僕も頑張らないといけないな。

写真フォルダを閉じて、ＧＰＳを確認する。

位置を示す赤い丸は自宅の場所から動いていない。昨日言っていた通り家で掃除と勉強をしているのだろう。

それにしても念のためにＧＰＳを藤子さんの鞄に付けておいてよかった。

先日は酒に酔った下劣な連中が藤子さんの肩に腕を回していた。

ＧＰＳで藤子さんがいつもと違う場所にいることに僕が気がつかなかったら、あの後藤子さんはあの男どもに何をされていたか。

もし何かあったら僕はあの男達を許さないだろう。どんな手を使ってでも社会的に死なせてやる。

そうしてまた視線をデスクトップの液晶画面に向けた。

昔から、計算は好きだった。

それでも、毎日数字と睨み合う職場は正直好きではない。

異例の早さで課長に昇進し、前より仕事量も増え責任も重くなった。

社長である父のコネで昇進したと僕を妬《ねた》む者も当然いるし、僕も自分が適任ではないことを自覚している。

周りの目を気にしない風を装っても、ポーカーフェイスを決めていても、内心はいつも穏やかではない。

そんな僕が精神を保ち続けられるのは、他ならぬ僕のお隣さん、蓬田《よもぎだ》藤子さんのお陰だ。

彼女がいなかったら、僕は生きていない。

彼女が、僕の愁《うれ》いを溶かしてくれた。そして今も、溶かしてくれる。


藤子さんに出会ったのは、僕が正に崩壊しかけた六年前。

その後父の会社に就職してから、僕は藤子さんを護る極秘護衛を兼任するようになり、五年が経過した。

僕は彼女を護るため、まずは藤子さんの情報を徹底的にリサーチした。

蓬田家の家族構成、借金の原因と返済方法、藤子さんの趣味と好きな食べ物、嫌いな食べ物、好きな異性のタイプ。

藤子さんの母の得意料理も習得し、友達や恋愛歴まで調べ尽くした。

極秘護衛の一年目、藤子さんには付き合っていた人がいた。

野生の勘がろくな男ではないと言うので試しにその男を探ってみれば、藤子さんがいながら別の女性に手を出すような反吐《へど》が出る程にろくな男ではなかったから、少し脅して消えてもらった。

その後も下心を持って藤子さんに近づく男どもをいろんな手を使って排除し、藤子さんを護った。

僕の極秘護衛の仕事内容は、自宅から出勤する藤子さんが無事に会社までつくかＧＰＳで確認し、僕自身も会社へ出勤。

勤務中もＧＰＳに異変がないか常に確認する。

僕自身の仕事が終わらないときやジムや武術の予約を入れている時はやむを得ないが、通常は藤子さんが退勤するとともに藤子さんが無事帰宅するまで彼女の後を追い、遠くから見守る。

藤子さんが可愛すぎるからどうしても永久保存したくて写真も撮る。

自宅待機中は藤子さんの部屋に設置している複数の盗聴器から藤子さんの様子を確認する。

藤子さんの生活音と、たまに聞こえる独り言に、僕は一日中頬が緩みっぱなしだ。

大変やりがいのある仕事だ。

本業なんかやめて藤子さんの極秘護衛だけに専念したいのが本願だが、世の中はそう甘くないものだ。


半年前、藤子さんの隣に住んでいた老夫婦が引っ越すという情報を得て、すぐに住んでいたマンションを明け渡し、あの部屋に引っ越した。

極秘護衛を数年しているとはいえ、遠い存在でしかなかった藤子さんが僕の隣で生活していることに、僕がどれほど歓喜したか。興奮したか。

初めて挨拶に伺った時、初めて僕だけの為に藤子さんが微笑《ほほえ》んでくれた時、その度に心臓が壊れるんじゃないかと思った。

藤子さんと反対側のお隣さんは時々奇声を発する気味の悪い人だし、ゴキブリは頻繁に出てくるし、シャワー時にお湯が急に冷水に変わったりする、なかなか住みにくいアパートだが、隣に藤子さんがいると思うだけで、僕の心はいつも幸せに満ちていた。

そして僕たちは毎夜語り合う関係になれた。

藤子さんがベランダでビールを飲む習慣があることはリサーチ済みだった。もちろん、ビールの銘柄も。

偶然を装ってベランダに出ると、藤子さんもどことなく嬉しそうな反応をしてくれた。

その日の夕飯まで重なって驚いている様子だったけど、僕が同じファミレスで食事をし、藤子さんを見守っていたと知ったらどう思っただろうか。

次の日も、次の日も、藤子さんは僕とベランダで話してくれた。

時には僕を待っていたような時もあった。その時、僕の理性が壊れてしまいそうで、僕たちを隔《へだ》てるあの忌々《いまいま》しい板を叩き壊したくなったことを藤子さんは知らない。

その後、藤子さんがうっかり隔て板に穴を開けたときは、これは天の恵みだと思った。

それから月日が流れても僕たちのベランダでの密会は続いた。

僕は会社での藤子さんだけは知る事ができない。

藤子さんの鞄に盗聴器を仕掛けたいけど、他の会社の情報まで聞きたいわけではなく、いろいろと問題が生じるため断念している。

だからベランダでの密会は、藤子さんの会社での時間を知れる唯一の時間だ。

そして藤子さんは時々プライベートなことも話してくれた。藤子さんの家族の事、進学を諦めたことなど。

極秘護衛だけでは触れる事ができない藤子さんの胸の内を、この僕に打ち明けてくれた事が嬉しくて、僕は何度藤子さんを抱きしめたかったか。

あの忌々しい隔て板さえなければと何度思った事か。

だけど、たとえ僕らの間に遮る物がなくても、僕には藤子さんを抱きしめていい権利など、ない。


ある日、彼女が言った。

『私の愚痴《ぐち》に付き合ってくれる仁科さんも、内面の良さが表に出ていますよね』と。

僕は良い人ではない。

わかっている。極秘護衛など響きのいい呼び方をしているのは、良心の呵責《かしゃく》に耐えられない僕の防衛本能が勝手にそう命名しただけだ。

僕はこれでもちゃんとわかってはいる。

僕はただ浅ましく卑しい、ストーカーだ。

わかっているのに、僕はやめられない。重度の藤子さん依存症。

藤子さんの声を盗み聞くことも、藤子さんの使った物を集めて保管するのも、写真を撮って一日に何度も見る事も、藤子さんの居場所を把握する事も、尾行する事も、やめられない。

僕は藤子さんをいつも感じていないと駄目な体になってしまった。

気持ち悪く浅ましい正体を隠し近づいている僕を、藤子さんは全く警戒していない。

それをいい事に、僕は藤子さんを騙《だま》し続ける。

藤子さんの一日を全て知りたい。それだけでよかったはずなのに、日に日に彼女への想いは深まってしまった。

もっと知りたい。気持ちを知りたい。触りたい。その唇に触れたい。抱きしめたい。彼女の全てが欲しい。

僕は藤子さんを心から好きになってしまった。いや、最初のあの出会いから、すでに僕の心には藤子さんしかいなかった。

今にも爆発しそうな恋い焦《こ》がれるこの気持ちと、ストーカーという罪を犯す自分が葛藤《かっとう》していた。


そして、昨日のキス。

触れた手があまりにも柔らかくて、視線が絡んだあの顔があまりにも可愛らしくて、僕は自分を抑えられなかった。藤子さんを求めてしまった。

でも、求めたのは僕だけじゃなかった。

藤子さんも僕を求めた……。

あの後、部屋の声を盗聴していたら、聞こえたんだ。

『だめだ。私、好きだ。すごい好き……』


ふ、藤子さんが僕を……、僕を好きだと……!!


「ああああっ」

胸が爆発しそうで情けない声をあげ、腕の中に顔を突っ伏してしまった。

藤子さんとキス……藤子さんと!

あああ藤子さん藤子さん藤子さんっ!

あの柔らかく可愛らしい唇が、ぼ、僕と……。

「はあっ」

最高だった。

両腕で頭を抱え込むと、「課長⁉　どうしたんですか⁉」「あの冷静沈着なうちの課長が荒ぶっている⁉」などと課内はざわめき、早退を勧められる騒動になってしまった。

なんとか仕事顔を貼り付け、大丈夫だと宥《なだ》め課内を落ち着かせたが、それでも部下達は僕の様子を度々気にしていた。

いつも感情を出さないように仕事をする僕が奇声をあげたのだから驚いているのかもしれない。

だけど、今日は自分でも感情のコントロールが難しい。

昨日、あの麗しく美しい愛しの藤子さんと、キスをしてしまっ……あ……ああ……あああ……駄目だ。もう、ああ、藤子さん。藤子さん。会いたい。仕事放棄したい。藤子さん、会いたい。藤子さん。ああ藤子さん。

もう末期だ。僕はこの気持ちを抑える事ができない。

気持ちを打ち明けよう。今日、あのベランダで、藤子さんに好きだと言おう。

そして、いい加減このストーカー行為をやめよう。

休日勤務は僕の感情が乱れる以外は、何事もなく無事に終わった。はやく僕の癒やしの藤子さんに会いたくて、課長という立場も忘れ、時間になったら誰よりもはやく経理課のドアを開けて退勤した。

車内で藤子さんの居場所をＧＰＳで確認。家にいる。

「待っててください、藤子さん。今行きますから」独り呟きながら、エンジンをかけた。

アパートの整備されていない駐車場に車を停め、鉄骨階段を上る。

自分の部屋の鍵を開けながら、藤子さんの玄関横にある小窓を一瞥《いちべつ》すると、部屋の明かりがついていて、藤子さんがそこにいることがわかり、僕の鼓動が僅《わず》かに速くなった。

ドアを開け、中に入る。いつものようにまず電気をつけ、畳の部屋にまっすぐ進む。

室内だというのに冷風を感じ、コートを脱ぎながらベランダへ出る引き戸に視線を運ばせてみると半開きだった。

閉めたはず……と不思議に思いながら引き戸まで歩いて、やっと違和感を覚えたのは、机の引き出しも全て半開きだったからだ。

そして、綺麗に並べていたはずの『藤子さん護衛日記』が五冊全て机の上に乱雑に置かれている。

それからタンスの傍《そば》に落ちていたアイスバーの棒が入ったジップロック。

血の気が引いた。

何故か、空き巣に入られたとは思えなかった。僕の勘が、藤子さんに見られたんだと言う。

それでも念のため、貴重品がなくなっていないか確認したが、やっぱりそれはきちんとあるべき所にある。空き巣では……ない。……だとしたら……。


衝動的に部屋を飛び出し、藤子さんの部屋のドアをノックした。

明かりはついているのに、返事がない。すぐにスマホを取り出しGPSを確認する。藤子さんは確かにこの中にいるようだ。

それなのに……返事がない……？


またノックをした。今度は強めに叩く。それでも返事はないし、ドアは開く様子すらない。

「藤子さん？　居ますか？　藤子さん」

何度もノックをし、何度も名前を呼ぶと、カチャリ、と鍵が開く音がした。

「藤子さんっ？」

ゆっくりと開かれたドアの隙間からこちらを覗くのは、今にも悲鳴を上げてしまいそうな怯《おび》えた顔。そして、チェーンのかかったドア。

引っ越しの挨拶をした時ですらチェーンをかけていなかったのに、この警戒ぶり。

僕は確信した。藤子さんは僕の部屋を見たんだ……。

「藤子さんっ！　あの……」

何を言えばいいんだ。弁明の言葉が何一つ見つからない。

「これ、返します！」

隙間から腕を出し、僕の胸元に押し付けてきたのは、昨日紅茶を淹《い》れた時に使っていたマグカップ。

「これ……洗いましたか？」

「当たり前じゃないですか」

「そうですか……」

洗って欲しくなかった！　できたら使用したままの状態で戻ってきて欲しかった！

「もう用はありませんのでお引き取り願います」

他人行儀な言葉を早口で言いながら、藤子さんはドアを閉めようとした。焦《あせ》った僕は隙間に手を突っ込んでそれを制する。

その途端、藤子さんが恐怖して顔を引きつらせたから、僕は息をするのも苦しくなった。

「藤子さんっ、僕の部屋を、見たんですね」

「見てないです！　あの、な、何も見てないです！」

「じゃあどうしてドアを開けてくれないんですか」

「あ、あの、ちょっと忙しいんです！　今日は、あの、もう無理なんで来ないで下さいっ！」


拒絶。


藤子さんが僕を拒絶している。あまりにも胸が痛過ぎて、ナイフで刺されたんじゃないかと思った。

「あの、手を離してくださいっ」

「藤子さん！　僕はただ藤子さんをっ。藤子さんを護りたくてっ。藤子さんだけを純粋に想っているだけで」

僕が苦し気に胸の内を吐露《とろ》したら、藤子さんは突然眉間《みけん》にシワを寄せて睨んだ。

「はあっ⁉　あれのどこが純粋なんですか⁉」

ああ……、藤子さんが怒っている。こんな姿、今まで見た事がない。初めての表情。それを僕に見せてくれるなんて……。

「あ、あの、こんな時に申し訳ないのですが、その怒った顔が最高に可愛すぎるので、写真撮らせていただけませんかっ！」

「ヒィッ！　む、無理に決まってますよね⁉　あの、これストーカーですよっ⁉　私、警察に通報しますから！」

警察に通報⁉

そんなことされたら、僕は藤子さんの傍にいられなくなる。

そんなの地獄でしかない……。

「そ、そんな泣きそうな顔したって駄目《だめ》なんですからね」

「藤子さん……。警察はやめて下さい……」

「仁科さん自分が何してるかわかってますか⁉　盗撮ですよ⁉　これ、ストーカーって言うんですよ⁉」

「わかってます！　自分が気持ちの悪いストーカーだってことはわかってます！

でも、僕のストーカー行為は純粋なんです！　藤子さんを護っているだけなんです！　それに、両想い同士なのですから、何か問題があるのでしょうか！」

「両想い⁉　……な、何言ってるんですか？」

「藤子さん、僕の事、好きだと言ったじゃないですか！」

藤子さんが両目を瞠った。

「昨日、キスした後に、言っていたじゃないですか……」

「いっ、言ってません‼」

大声を張ったかと思うと、藤子さんは台所の方へ片腕を伸ばし、タワシを摑《つか》み取り、ドアを押さえる僕の手を擦《こす》ってきた。

「い、痛いです藤子さん！」

「その手を離してください！」

「藤子さん、ああっ！　やめて下さい！　藤子さん、ああっ」

藤子さんが僕を痛めつけている。

これはストーカーをしていた僕へのお仕置き……。それを藤子さん自ら僕に……。ああ、藤子さんっ。

「ああっ、藤子さん。痛いです。ああっ、で、でも最高ですっ。藤子さんが与えてくれる痛みに快楽すら感じます！」

「ヒイッ！　なんか気持ち悪い事考えてません⁉」

擦るのをやめられたことを僕は何故か残念に思った。

「も、もっと擦って下さい」

「ヒィッ！　きききき気持ち悪いっ‼」

「あああっ！」

藤子さんは一気にドアを引いた。僕は挟まれた手の痛みに喘《あえ》ぎ、思わずドアから手を離してしまった。

その隙《すき》を見て、藤子さんはドアを閉め鍵をかける。

僕はその場にしゃがみ込み、項垂《うなだ》れた。

相談

「先輩。先輩？」

「ハッ。あ、ご、ごめん。どうしたの？」

「何かありました？　朝からすごい剣幕でタイピングしてますけど……」

「えっ。あ……そう？　なんにもないけど。せ、生理きちゃったからかな。アハハ」

「あー、生理だったんですね。お疲れ様です。一週間、頑張って下さいね」

「ありがとう。頑張る。アハハ」

同情の眼差しを向けながら、田辺《たなべ》さんはキャスターを転がしデスクに戻る。

本当は生理なんか来ていない。来るなら来週。

パソコン画面を見る双眼が鋭くなっていたのは、もう仕事に意識を集中させないと私の精神が崩壊してしまいそうだからだ。

私の隣に、ストーカーが住んでいるのだから。

　あのストーカーは日曜日も私の部屋のドアを何度もノックし、電話を何度もかけ、ベランダの隔《へだ》て板の隙間から律儀《りちぎ》にも封筒に入れた手紙を何通も忍ばせてきた。

　勿論、全て無視だ。手紙も読まずにゴミ箱ポイだ。

　隔て板の穴もガムテープを何重も貼って塞《ふさ》いだし、日中もカーテンを閉めていたし、まずベランダに出る事などしなかった。

　もう恐怖と不快感しかなくて、食べ物も喉を通らなかった。

　それなのに、何故か警察に通報できなかった。

　電話しようとする度に、仁科《にしな》さんが玄関で見せたあの泣きそうな顔を思い出してしまう。

　ストーカーに同情してる場合じゃないのに。私は被害者なのに。

　仁科さんの部屋の壁には五年前から隠し撮りしていたらしい私の写真がずらっと貼られていた。あの光景を思い出す度に寒気と鳥肌に襲われる。

　五年も前から、私は狙われていたっていうの……？

　盗撮なんて全然気がつかなかった。

　だけど……なんで私のストーカーをしているの？　仁科さんと接点なんてないは

ずなのに。

過去に出会っていたとしても、あれだけの美丈夫を私が忘れるとも思えない。なんてったって衝撃が走る程のイケメンなのだから。

ってあの美しい顔でも思い出すと鳥肌がっ！

でもかっこいい。気持ち悪いけどかっこいい。何、何なのこの矛盾感！


「先輩、生理痛の薬あげましょうか……？」

無意識にまずい料理を食べたみたいな顔をしてしまったからか、田辺さんが心配そうに顔を覗《のぞ》いてきた。

「えっ？　あ、大丈夫！　あの、く、薬には頼らない主義なの！」

「そうですか？　でも痛いですって顔してますよ？」

「心頭滅却すれば火もまた涼しってね！」

「はあ……。なんか先輩、今日はいつもより早口ですし、ちょっと変な感じですよ？」

隣にストーカーが住んでますからね！　嫌でも精神に異常が出ちゃうんですよ！　なんて心の中だけで答えながら、表向きは「そ、そうかなぁ？　とにかく大丈夫だよ、ありがとう」となんとか気丈に振る舞う。

怪訝《けげん》そうにこちらを見ながら、田辺さんはふたたびキャスターを転がしデスクに戻った。

はあ……。もう、今は仕事に集中しないと！　じゃないと私、そのうち奇声をあげてしまうかもしれない。

気持ちを整えようと、両手をぎゅうっと結んでから開いた。

……そういえば、手は大丈夫かな……。

一昨日、マグカップだけ返して閉めようとしたドアの隙間に、仁科さんが手を入れて阻んできたから、思いっきりドアを閉めて挟んでしまった。

痛そうなうめき声も聞こえたし……、もしかして大怪我させたかな……。

『も、もっと擦《こす》って下さい』

「ヒィッ！」

あああっ、鳥肌がぁっ！

「……先輩？」

「ダッ、ダイジョーブダヨ」

田辺さんにニッカーと笑ってから、パソコン画面を見て集中してますアピール。

もう適当にタイピングしている。画面なんか実は見てない。だって、気持ち悪い仁科さんが頭を占領してるんだから！

ああもう……、なんで仁科さんが……、私の癒《い》やしのお隣さんが……気持ち悪いストーカーなの……？

好きだという気持ちに気付いて、甘く焦《じ》れったい片想いライフがさぁこれから始まるぞぉ？　って矢先にこんな酷《こく》な現実を突きつけられるなんて……。

本当に恋愛運に見放されてる。

好きになった人がストーカーだなんて……。

だけど、好きの感情はあの写真だらけの壁を見た瞬間、私の中からサーッと消えた。だからもう、好きじゃない。全く。全然。皆無。

『藤子《ふじこ》さん、僕の事、好きだと言ったじゃないですか！』

『昨日、キスした後に、言っていたじゃないですか……』

……いや、うん、確かに私、言った。言ってしまった。

だけど、あれは自分の家で呟いた独り言だったはずなのに。……なんで知ってるの？　いくら薄い壁だとしても、あの声まで聞こえるわけがない。

答えはすんなり出た。そう、盗聴だ。盗撮されてたんだから、盗聴されていたとしても不思議じゃない。

そう仮定すると、問題はどこまで盗聴されているか。

調べてみると、盗聴器ってボールペンのような小さいものにも隠せるらしい。ってことは、私が今持っててもおかしくないわけで。

そうすると、迂闊《うかつ》にあのストーカーのことを誰かに話してしまったら、当然聞かれて、ブチキレて殺される……なんてパターンも有り得る訳なのよね。うん……。

さて、どうしようか……。田辺さんに相談するのは、巻き込んで危険な事になってしまったら申し訳ないし。ていうか、盗聴器ってどこに隠されてるんだろう……。

もうさっさと通報するべきだ、やっぱり。

『藤子さん……。警察はやめて下さい……』

う……。くぅ……もう。

なんで同情してしまうのかなぁ私はぁ……。

盛大に溜息を吐いて天井を見上げた。

ふと、向こうを歩く坂本《さかもと》さんが視界に入った。右手に複数のファイルと、左手にドーナツを持ちながら、大欠伸《おおあくび》している。……いいなぁ、平和そうで。

その時、はたと気付く。そうだ、確か坂本さんって家電屋の息子だったっけ。

定時になってみんなが帰宅準備をする中、私は会社鞄を持ってひっそりと坂本さんの横の椅子に座った。

鞄にいろいろ詰め込む腕を小突けば、徐《おもむろ》にこちらを向いてくる。口を開こうとするその前に、私は人差し指を唇に当て『しーっ』のポーズを見せた。

訝《いぶか》し気な表情をする坂本さんに、事前にスマホのメモに書いた文章を見せる。なんだよ……とでも言いたげな顔でそれを面倒くさそうに読んでいたけど、だんだんとその表情が変わり、ついにはどこか怒っているような視線を私に向けた。

先輩がスマホに文字を打つ。

――今も盗聴されてんの？――

私も文字を打つ。

――わかりません。でも家では盗聴されていると思います――

ちっ、と舌うちをしながらまた文字を打つ坂本さん。……もしかして、面倒なことになりそうだって怒ってたりして……。

――俺の実家に発見器がある――

流石《さすが》坂本さん！　話がはやい！　って、大事な事訊かないと。

――ちなみにお値段はおいくらくらいですか？――

――売りもんじゃない。貸してやるから、一緒に来い――

――いいんですか⁉――

その文を読むと、私と目を合わせて力強く頷いてくれた。

それから坂本さんの車に乗って、坂本電化製品店に向かった。

道中、盗聴の疑いがあるからと私達は何も話さなくて、妙に重苦しいというか気まずい雰囲気で。

しかもやっぱりなんか怒ってるように見えて、もの凄く申し訳なかった。

スマホのメモに『ここで待ってろ』と文字を打った坂本さんは、お店の中へ消え、しばらくして戻ってきた。

持ってきてくれた盗聴器発見器は音楽プレーヤーと併合して使用するものらしく、車内には「グーチョキパーでグーチョキパーでなにつくろー♪　なにつくろー♪　右手はグーで左手は」と陽気な音楽が流れている。

さっきまで緊張してたのに、子供の歌を聞くと心がへにゃりとするというか、別に盗聴なんて怖くないかもぉなんて危ない思考に走りそうになってくる。

ていうか、なんで子供の歌……？

しばらく坂本さんは真剣な表情で私の鞄の中を発見器で確認し、ついでとばかりに私の身体の周辺にも発見器を近づけ、数分経ってから音楽を消した。

「多分、鞄の中にはないな」

見ている。
「ああ、よかった！　ありがとうございますー！」
とりあえずは安心したと胸を撫《な》で下ろすと、坂本さんが何か言いたげにこちらを
「大丈夫だろうよ」
「本当ですか？」
「で？　どういうことなの、これは」
まあ、……察しはつくけど。
やっぱ気になっちゃいますよねー。
数秒程渋っていたけど、ここまで迷惑かけて黙秘するのも失礼だし、本当は誰か
に相談もしたかったわけで、私は仁科さんの部屋で見たことを話した。
「それで、私が家でしてた独り言まで知ってるから、もしかして盗聴されてるのか
なって思ったんです」
「まじで……？　あのイケメン御曹司が……？」と呟いたっきり口を閉ざし、正面
の向こうの景色を困惑している様子で見つめる坂本さん。
しんとした車内に突然、着信音が響いた。すぐにスマホを取り出し確認すれば、
かけてきた相手は仁科さんだった。
途端に青ざめ動けないでいると、坂本さんがスマホを覗く。

「仁科さんじゃん……。出ないの？」

「出ないです……」

「……まあ、出ないよな普通……」

二人して画面を見つめていたら、そのうち着信は止まった。

「昨日も何回もかかってきたんですけど、全部無視しました」

「それがいいと思う。てか、警察に通報してねーの？」

「それが……。しないといけないってわかっているんですけど、その、なんか……」

「何、なんか問題でもあるのか？　まさか、脅されてんのか？」

「いいえ、脅されてはいないです。ただ……その、一昨日警察に言いますからって言ったら、泣きそうな顔されて……」

しーんと静まり返った後、「お前、お人好しにも程があるぞ……」と呆れた口調で言われた。……ごもっともです。

「蓬田《よもぎだ》って仁科さんのこと好きなのか？」

「え。あー……えーっと……。好き……だったのかもしれない、です。微妙な所ですね。……けどストーカーってわかったらもうそういうのが一瞬で消えて、今は不快感しかありません」

「なるほどな……。百年の恋だって冷めるわな。だったら尚更はやく警察に通報したらいいじゃねーか」

ド正論。

警察に相談して何かしら対処してもらえたらこんなに悩んで怯《おび》えなくてもいいだろうに。

「なんか……。大事《おおごと》にしたくないっていうか。仁科さんも大手の会社の息子さんだし、課長だし、雑誌にも載っちゃってるし、しかもあの容姿で……。警察に言ったら大ニュースになりそうじゃないですか？」

「まあ、有り得るだろうな」

「それに巻き込まれるのも嫌ですし……」

「しかも泣きそうな顔されたら心が痛むし」

「はい……って」

横を振り向けば、いつもの悪ガキのような笑みを浮かべている。

一番躊躇《ちゅうちょ》してる原因が、泣きそうな顔をされたからってことに気付いてるって顔だ。……見透かされている。

「てかお前、これからどうするつもりなんだよ。このままストーカーされてるつもりか」

「まさか。嫌ですよそんなの、気持ち悪い。家に帰るのも怖いんですから」

「じゃあ、どうすんだよ。普通ストーカーってやめてって言ってもやめねぇもんだろ？　知らないけど」

「なんかエスカレートしそうなイメージありますよね……」

「ああ……」

今までの仁科さんのイメージは真面目《まじめ》で誠意のある態度で接してくれる人。だから私がきちんとやめてくれるように言えばそうしてくれるような気がするけど。

いやでも、ないだろうなぁ……。どうかなぁ……。

また、仁科さんから電話がきた。

「……俺が出てやめるように言おうか？」

「うーん……どうでしょう」

「やめとくか」

「……はい」

また二人でスマホを見ていると、そのうち着信は止まった。

ああ……もう、怖い、あの人……。家に帰ったら待ち伏せとかしてそうな勢いだし。ていうか隣に住んでるし。帰りたくない……。でもいつまでも坂本さんの時間を割いてしまうのも迷惑だしな……。

チラリと横を盗み見ると、腕を組みながら何か考えているようだ。

カーキのマウンテンパーカーを羽織《はお》っているせいなのか、いつもより大柄に見えるし、実際に格闘技も得意らしいから強そうな男感がある。

うわぁ……護衛してほしい……。

ふと、ある案が頭に浮かんだ。

「あの、坂本さんって彼女いますか？」

「いきなりなんだよ」

「ちょっと気になって……」

「いねーよ。欲しいよ。くれよ」

「いやそんな凄まれても……」

双眼を細めて寄ってくるから上半身だけ後退すると、坂本さんも後ろに引いてくれた。

「ちなみに……、今日はこの後ご予定とかあります？」

「……ねーけど。……なんだよ、言いたい事あんならさっさと言えって」

「あ、はい。……あの、今日だけ私の彼氏のフリしてくれませんか？」

「……は？」

私に彼氏ができたってことにすれば、私に執着していた仁科さんも諦めてストーカーをやめるんじゃないかと。円満に解決するんじゃないかと。

口を半開きにさせたままポカーンとしている坂本さんに、この提案をした理由を聞かせた。

すると坂本さんは失笑する。

「お前、ベタだなー……。中学生が思いつきそうなやつじゃねーか」

うっ。言われてみると確かにベタだ。

「しかも解決しなさそーな臭いしかしねぇし」

「……ですよね。いや、坂本さんって格闘技とかできるらしいじゃないですか。だからたとえ乱闘沙汰になっても太刀打ちできそうだなぁっとですね、思ったり……してですね……」

「ふーん……」

二人して口を閉ざし、しばらくすると、坂本さんが「うーん」「んー」と声を漏らす。再び重苦しい雰囲気を感じて、益々申し訳なくなってくる。

「俺もこういうの初めてだからさ、よくわかんねーわ」

「……ですよね」

「ん。だからとりあえずそれ、やってみるか」

「……え？　いいんですか？」

「うまくいくかはわかんねーけどな。とりあえずはその作戦で。で、もし仁科さんがエスカレートしたりヤバい事になったら警察に行く、ってことにしよう。いいか？」

「本当にいいんですか」

「当たり前だろ」

坂本さん……。

こんなに良い人だったなんて……。今までチャラそうだとかウザイだとかふざけてる人だとか思ってごめんなさい。

「ご迷惑おかけしますが、よろしくお願いします。ありがとうございます。すみません……」

「そういうのいいから」

「でも、面倒臭いなぁって思ってますよね」

さっきもそんな雰囲気を何度も放ってたし……。

「面倒とは思ってねーよ。むしろキレてる。気に入ってる後輩がストーカーされてるってのは腹が立つわ。それにほっとけねーだろ」

「え……、坂本さんって私の事、気に入ってたんですか……」

「まーな。誰よりも真面目に仕事してるから、尊敬してんだよ」

よくわからないけど、勤務態度が良いって理由でこんな迷惑な話も引き受けてくださるっていうなら、これからはもっともっと仕事頑張る。

それから私達は車内でしばらく作戦を練り上げていた。

作戦決行

作戦を決行する。

うまくいく自信は、ないというのが正直なところ。

坂本《さかもと》さんの車で私のボロアパートに行き、足音を立てないように鉄骨階段を慎重にゆっくり上る。

そして部屋のドアを開け、閉め、鍵をかけた。

気付いた仁科《にしな》さんが部屋を飛び出してくるんじゃないかと内心ビクビクしていたから、無事に到着できたことに長く深い息を吐き出した。

坂本さんがマウンテンパーカーを脱ぎ椅子にかけている間に暖房のスイッチを入れる。

そして双方、顔を見合わせて頷く。今から、スタートだ。

鞄から二人で考えて書いた台本を取り出す。出だしは私。

「へ、平祐《へいすけ》さん、なんか飲みますか」

棒読み口調の私に坂本さんは目を細め、スマホに文字を打つ。

――タメ口。もっと自然に！――

わかってるけど……。

演技とはいえ、会社の先輩をいきなり下の名前で呼んで、しかもタメ口なんて難度高すぎるんだから……。

でも、盗聴してるであろう仁科さんに演技だとバレるわけにはいかない。

なるべく自然になるように続く文章を読む。

「ビールがいい？」

坂本さんも文を読む。

「ああ、ビールで」

「おつまみどうする？」

「何があるんだ？」

「えーっと」

「おつまみは、お前がいいな」

これは坂本さんが考えた文章だ。

私が不自然だって反対したのに、「俺の方が経験あるから」と勝手に書いてしまったやつ。

「やだぁ、もう、ふざけないで」

「ハハハハハハ」

いや、何ですかその下手すぎる笑い方。

「枝豆あるよ？」

「じゃあ、それで」

「それじゃあ、今用意するから、そこに座ってて」

「ああ」

実際、私はビールも枝豆も準備などしないし、坂本さんはもう卓袱台《ちゃぶだい》の前に座っている。

私もその横に並んで座り、次の文章を読み上げる。

「はい、お待たせ」

言った瞬間、坂本さんにギロリと睨《にら》まれた。えっ⁉　今ちゃんと読んだのに⁉

スマホに打った文字を見せられた。

――早過ぎ！　そんなはやく枝豆用意できるわけないだろ！――

えっ⁉　茹《ゆ》でる所から始める設定だったの⁉

――スーパーで買った総菜っていう設定じゃなかったんですか――

――じゃあそれでいい――

なんとか立て直し、坂本さんが台本を読む。

「ありがとう」

「乾杯」

「ああ、乾杯」

「……！」

「……！」

二人ともハッとした表情。

乾杯って言ってるのにコチンッと当てるものを何も持ってない事に気付いたから。

別に当てない乾杯だって全然アリなんだから不自然ではないはずなのに、テンパッてしまった私達は、何故かハイタッチをしてしまった。

パチンッ！　と手の平が当たる音が響いて、二人同時にコレ違うだろ……と気づき。

私は虚無の瞳になってしまったし、坂本さんはツボって口を塞《ふさ》ぎながら笑う。

肩めっちゃ震えてますよ……。

また立て直さないと、と腕を肘で小突く。それに気付いた坂本さんは緩んだ頬のまま文を読む。

「うまいな。ビール」

「うん、仕事の後はビールだね。あ、そういえば平祐さん。今日はボクシング行かないの？」

「ああ、今日は休みだ。昨日試合があったからな」

「勝ったんだよね。すごーい」

「ハハハハハ。ボコボコにしてやったぜ」

「流石《さすが》！　つよーい！」

「ハハハハハ」

相変わらず笑い方へたくそか！

それはそうと、実はここ、重要な会話。

私が考えたのだけど、盗聴してるであろう仁科さんに、私の彼氏は強いんですよ怖いんですよ私に手を出したら彼が黙っていませんよ！　というのを伝える意図がある。

事実、坂本さんは強面《こわもて》ワイルドだし、筋肉もムキムキだ。

「触ってもいい？　腕」

「おう。触ってもいいのはお前だけだぜ、藤子」

「わあ、筋肉すごーい！　かたーい！」

大げさに言ってみたけど、実際は触っていないし、距離を空けているし、二人とも卓袱台の前で行儀よく正座だ。完全に台本の読み合わせ。

「ほら、ここも触ってみな」

「すごーい！　腹筋ばきばきー！」

言った途端、隣からガタガタガタッと音がした。

何の音かわからないけど、仁科さんの部屋からなんらかの反応があって、私達は顔を見合わせ頷く。

いける！

根拠のない自信がどこからか湧《わ》いてきた。

坂本さんが次を読めと紙の上を指で叩く。

「こんな素敵で男前でワイルドでセクシーで強くて包容力のある人が私の彼氏になるなんて、夢みたい！」

この後、俺も藤子と付き合えて嬉しい、君を護るよ、と続くはずなのに坂本さんが読み上げない。顔を見上げてみれば、余韻に浸っているような横顔があった。

……素敵で男前でワイルドでセクシーで強くて包容力のある人、は坂本さんが詰め込んだ文章だ。長過ぎですよ！　って私が言ったのに、どの単語も外せないだろが！　と頑《かたくな》に拒んできたやつ。

――真面目にやって下さい！――

スマホに打った文字を見せると、坂本さんはやっと読み上げた。

「俺も藤子と付き合えて嬉しい。何があっても君を護る」

「頼りになる！」

「ハハハハハハ」

へたくそか！

「……」

「……」

さて、私達の考えた台本はここまでだ。

この演技作戦が成功してるのか、していないのか。

わかる術がないから、お互い無言になって仁科さんの部屋から音が聞こえないかと聞き耳を立てる。

何も聞こえない。

これでいいのかな……と坂本さんを見上げれば、こちらを向いて美味《おい》しくないものを食べた時のような顔をしてくる。

しばらく目を合わせていると、坂本さんはスマホに文字を打ち始めた。

――ちなみに監視カメラ仕込まれてるって疑いはないのか？――

それを読んだ途端、青ざめた。

――それについては全く考えていませんでした！――

もし監視カメラまであったら、ただ台本を読み上げてただけってバレる！

どうしよう……と坂本さんを見ると、真剣な顔でスマホ画面を見せてきた。

――アドリブするから、蓬田は俺を本当の彼氏だと思え――

「……へ？」

「ふー。まさか会社で演劇することになるとはな！」

「……え？」

「いや、でもまさかみんなが俺たちを恋人役にするとはな」

「……え」

「俺たちが本当に付き合ってるって知ったらみんなビックリするな。ハハハハハハ」

いや、笑い方！

「藤子、お前、台詞《せりふ》読むのうまいじゃねーか」

「……え、あ、えーっと、ありがとうございます？」

何がしたいのかよくわからないけど、とりあえず演技は続行らしい。

「坂本さんもお上手です」

そう言ったら睨まれた。

「藤子、会社以外では俺のこと平祐って呼べって言ってるだろ？」

……坂本さんの口調が何故か艶めいている。しかも、畳に片手を置いて上半身をこちらに寄せてくる。

「えーっと、へ、へいす……け、さん、でしたね」

「そう。さんもいらないだろ。平祐って呼べよ」

「へ、平祐？」

ゆっくりと近づく坂本さんにたじたじしながらも名前を呼べば、「……いいねぇ」と、感動してるような顔。

……もしかして坂本さん、こんな時にふざけてない？

「あの、坂本さん」

「平祐だってば」

「へ、平祐っ！　ちょ、ちょっと近いですよ」

「近過ぎですよ！」と口パクすれば、余裕そうに口角を上げ一気に寄って来る。

それを避けようと頭を後ろへ引いたら、ついに体勢を崩して畳に後頭部をぶつけた。

「わっ！」

痛みと衝撃に目を瞑《つむ》ったけど、上から聞こえた「藤子」と呼ぶ声に瞼《まぶた》をあげれば。

「えっ⁉　さかっ、へっ⁉」

坂本さんが私の真上にいた。

な、なんですかこの体勢は⁉

「藤子……、今夜、泊まってもいいか？」

「さ、坂本さん……？　これは、あの、やり過ぎでは」

「そうか？　俺はずっと我慢してたんだぜ？　やっと藤子の部屋に上がれたんだ、我慢できねーだろ……」

なんでそんな色気ムンムンな話し方なんですか⁉

「可愛いなぁ、こんなに顔を赤くして」

「ヒィッ！　ちょ、首触らないで下さいっ！」

「そんな事言って、本当はこうなることを望んでたんだろ？」

「坂本さん⁉」

これは演技⁉　演技だよね⁉　でも、やりすぎだ！　やりすぎー‼

「藤子……」

妙にセクシーな声で私の名を読んだとき、鞄から着信が聞こえた。

坂本さんが私の鞄を摑《つか》みとり渡してくれた。

というかこの体勢やめてほしいし、耳元で「仁科さんか？」と囁《ささや》いてくるのもやめてほしい。

とにかく着信相手を見てみると、仁科さんだった。

「出ますか？」と口パクで訊くと、坂本さんはしばらく考えたのち、頷いた。

通話ボタンに指を運ぼうとしたその時、通知が止まった。

「あ」

切れちゃいました……と眼差しで坂本さんに訴えかければ、今度はベランダの引き戸がガラガラガシューンッと勢いをつけて開いた音が聞こえ、二人でベランダの方へ顔を向ける。

すると外からガタガタガタガタガガガッガガガと音がしたかと思えば、続いてベランダから玄関の方へ床を走り抜ける音が響き、私達の顔も玄関へ向く。

ガチャガチャガチャ、とドアノブがまわった。

誰かが私の玄関のドアを開けようとしている。誰かっていうか、もう絶対仁科さんだけど！

鍵を閉めたから開くはずがないけど、容赦なく回されるドアノブを見ながら、恐怖が全身を襲った。

　ガチャガチャ音がカチャカチャと軽い音に変わる。この音は……と無意識に息を止めた時、バーンッと勢いをつけて玄関が開いた。

「アンタ藤子さんに何してんだよっ！」

　ってあなた鍵をどうしたーーーーっ!?

　登場した仁科さんに目を瞠ると、その長い腕の先端に鍵が握《にぎ》られているのを目視した。

　ちょっと、あ、合鍵とか持ってんの!?

　絶句している間に、仁科さんは大股で部屋に上がり込み、もの凄い速さで坂本さんの腕を摑み、私から離すように後ろに引いた。

　最初こそ驚いた様子の坂本さんだったけど、すぐに余裕を取り戻し仁科さんの手を振りほどく。

　私はその間に体を起こした。

「人の部屋に勝手に入るなんて感心しねーな。てかその鍵、どうしたんだよ」

「アンタには関係ない」

「大アリだね。俺は藤子の男なんだからよ」

「そんなの嘘だ。僕は一昨日、藤子さんとキスしたんだ！」

や、やめてええええっ！

「おい……、蓬田本当か？」

顔を真っ赤にする私に、坂本さんは呆れたような表情をしてくる。

「いや……、あの、こういう状況になる前に、あの、ちょーっといい感じの雰囲気になっちゃいまして……あの……」

「あー……なるほどな……」

「藤子さんっ！　大丈夫ですか⁉」

「ヒィッ！　触らないでください！」

急に私の肩に触れてしゃがむ仁科さんに、恐怖を感じ悲鳴をあげると、坂本さんが仁科さんの腕を掴んで引いた。

それが癇《かん》に障《さわ》ったようで、仁科さんの眼光が鋭くなり、風のような速さで坂本さんの胸ぐらを摑んだのだけど。

坂本さんが仁科さんの腕を摑み、何がどうなったかわからないうちに背負い投げをキメこみ、バァァーーンッと気持ちいいくらいの衝撃音を響かせ、仁科さんは畳の上に背中から叩き付けられた。


今、何が……。

瞠目《どうもく》していると、今度は鉄骨階段を駆け上る音が聞こえ、その後ノックの音が響く。

「よーもぎださーん？　今ー、すんごい音したけどどうしたのー？　何かあったのー？」

一階の佐藤《さとう》さんだ。

いつも鈴木《すずき》さんと騒音がどうのこうのと喧嘩《けんか》している、人一倍音にうるさい人！　しかも話し方に癖《くせ》のある人！

「あ、えっと、ごめんなさい！　ちょっと、えっと、プ、プロレスごっこしてました！」

「プロレスー⁉　蓬田さんプロレスするのー⁉」

「いや、なんか、動画見てたら真似《まね》したくなってしまって！」

「えー⁉　ちょっとさー、ボーロいアパートなんだからさー、プロレスしちゃだーめでしょー？　揺れたよ？　まーじ揺れたよ？　なーんか埃も落ちてきたよ？」

「すいませんっ！　もうしません！」

「ホント頼むよー。壊さないでよー。ぼーくらの家」

「すいません」

しばらくして、階段を降りる音が聞こえてきた。よかった……、誤魔化《ごまか》せた。

胸を撫《な》で下ろし、坂本さんを見れば。

「って何してるんですか⁉」

いつのまにか坂本さんは仁科さんの両腕を背中に回しロープでグルグルに巻いていた。

よっぽど痛むのか、仁科さんは苦し気に表情を歪めている。

「はい、ストーカー確保」

「……そのロープどこから……」

あ、そう言えば出発する前に、「ちょっと用があるから」って言って少しの間実家に行ってたっけ……。その時に鞄にいれたのかな、ロープ。

「さあ、仁科さん、どういうことか白状してもらうよ」

坂本さんは愉快そうに口角を上げ、仁科さんの肩に手を置いた。

坂本さん、話が違いますよね……？

素人による取り調べ

湯のみに注いだ熱い緑茶を坂本《さかもと》さんの前に置いた。

「お、サンキュ」

早速湯のみを持つ坂本さんに「熱いので気をつけて下さい」と注意してから、その隣、グルグル巻き状態の仁科《にしな》さんの前にも湯のみを置く。

「どうぞ……」

「藤子《ふじこ》さん」

「お前、ストーカーにまでお茶出すとかお人好しすぎるって……」

「あ」

ホントだ……。私ってば何で仁科さんにまでお茶用意しちゃったんだ。しかも両手を拘束されているのだから飲める訳もないのに。

「……じゃ、じゃあこれは私が飲みます……」

「ああっ……、藤子さんの淹《い》れてくれたお茶が……」

残念そうな顔をする仁科さんに見つめられ、一時的に忘れていた恐怖が蘇り、視界にその姿を入れないように坂本さんを見上げる。

「……ていうか、あの、坂本さん。……なんで捕まえちゃったんですか……？」

恋人のフリをして仁科さんの私への執着をなくすっていうのが目的だったはずだよね？

「いやぁ、なんか恋人のフリでうまくいく気がしなくなってな……。捕まえた方が手っ取り早いんじゃねって思って。挑発してみたら飛び込んできたから、まあ、結果オーライだろ」

オーライなの、これ……？

「でも、これからどうするつもりなんですか？」

「まあ、あれだろ。俺たちで事情聴取だろ」

「私達で……？」

「ああ、警察になったみたいで楽しいだろ」

ニヒヒと少年のように笑ったのを見て、確信した。この人、遊んでる。切迫感とか、まるでゼロ。

まあ、お茶を用意している私も人の事言えないけど。

「あの、一つ確認したいんですけど。お二人の今の話を聞く限り、やっぱりさっきしてた会話は嘘、なんですよね」

「さっきしてた会話ってなんだよ」

「坂本さんと藤子さんが付き合ってるって会話です」

「ああ、あれな。あれは嘘だ。恋人のフリしたら仁科さんがストーカーやめるんじゃないかって蓬田《よもぎだ》の提案」

「嘘なんですね。よかった……」

グルグル巻きにされているというのに、背筋を伸ばして凛としている仁科さんは美しくて、本当にこの人はストーカーなのかと疑いそうになる。

不快感もあるし、気持ち悪いと思うのに、視界に入れるとどうしても目の保養にしかならなくて、まともな思考ができなくなりそうだと思った私は、湯のみを持って立ち上がり台所の隅へ移動した。

「藤子さんっ、どこへ」

「どこにも行ってねーだろ。アンタが怖いから離れただけだ。で、仁科さん、盗聴の罪は認めるのか?」

「……認めます」

「ほお。随分と素直に白状するじゃねーか。これじゃカツ丼はいらねーな」

……坂本さん、取り調べごっこして遊んでる。チラッと見た顔が活《い》き活きしてた……。

「で、どこに忍ばせてんだよ？　盗聴器は」

「……そこのコンセントの裏とそのランプの中に」

ランプの中⁉

田辺《たなべ》さんがくれたあの貴重な女子アイテムに盗聴器が入ってたの⁉　ひえぇっ！

鳥肌に襲われて二の腕を擦《さす》った。

「それで全部か？　俺、盗聴器の発見器持ってきてるから嘘ついててもバレるぞ？」

「……それで全部です」

坂本さんは鞄からいろんな道具を取り出し、言われた箇所から盗聴器を取り出した。さっきのロープもそうだけど、用意周到だ……。

それから坂本さんはさっき車内でやったようにプレーヤーで音楽を流し、盗聴器発見器を持ちながら部屋の至る所をまわった。

こんな緊迫する状況だというのにプレーヤーから流れる「グーチョキパーでグーチョキパーでなにつくろー♪　なにつくろー♪　右手はグーで、左手はチョキで、かたつむりーかたつむりー♪」が妙にコミカルな空間を作り上げてくれる。

選曲って大事だなぁ……と改めて思い知らされながら、緑茶を啜《すす》った。

坂本さんは音楽を消し、また卓袱台《ちゃぶだい》の前に座る。

「供述通りだな。確かに二個だけのようだ。被害者の蓬田藤子さんは、貴方《あなた》の部屋で隠し撮りされた自身の写真が壁に貼られていたと証言している。間違いないか？」

坂本さん、もうノリノリで刑事さん演じちゃってるじゃないですか……。ベテラン刑事風に声まで落としてるし。

……私、相談する相手を間違えちゃったかなぁ。

「……間違いありません」

「それから、しつこく電話をかけたり被害者が使用した物を保管していたという証言も挙がっているが、どうなんだ？」

「認めます……」

「今日も夕方にかけていたな」

「はい……。藤子さんが退勤後に今まで行った事のない場所に行っているのを見たら、何かあったんじゃないかと心配になって……」

「おいおいちょっと待てよ。……アンタまさか……、尾行もしてたのか？」

「今日は尾行してません。ＧＰＳで確認しただけです！」

部屋が静まり返った。

え……、GPS……って、どういうこと……？

「……アンタ……被害者にGPSまで付けてたのか……？」

って坂本さんもういい加減刑事やるのやめて！　もっと緊張感もってください よ！

「大事な藤子さんに何かあったらいけないじゃないですか」

悪びれない仁科さんの発言に「ヒィッ」と小さく悲鳴をあげ、両腕を抱きしめた。

「仁科さん……、盗撮、盗聴、尾行、位置の監視、それから合鍵までつくってたのか……？」

「……あと、藤子さんがどれだけ可愛いくて素敵で品格があるか、そしてどんな生活を送ったか記録する『藤子さん護衛日記』も書いてます」

なぜにドヤ顔？

流石《さすが》の坂本さんもドン引きしたみたいで言葉を失っていたけど、ややあってから盛大に溜息を吐き出した。

「超金持ちの御曹司が、なにストーカーなんかやってんだよ……」

呆れ口調で呟いてから、「蓬田。お茶、もう一杯くれるか？」とこちらを向く。

ＧＰＳショックで体は震えていたけど、なんとか立ち上がり、急須にお湯を注いだ。

ジョボジョボと緑茶を坂本さんの湯のみに注ぐ。

「ああ、大和撫子《やまとなでしこ》……。藤子さんが大和撫子……」

意味のわからない言葉が聞こえて顔を上げると、頬を緩ませた仁科さんが私を見ていた。

「ヒィッ」

途端に青ざめて坂本さんの後ろに身を隠す。

「仁科さん、蓬田が怖がってるじゃねーか」

「すみません。お茶を注ぐ藤子さんがあまりにも大和撫子的な美しさだったので……」

「心の声がだだ漏れじゃねーか……。蓬田、この人いつもこうなのか？」

こんなの私が知ってる仁科さんじゃない。

「こういう変態発言は今までしてなかったです。いつも真面目《まじめ》で誠実で優しくて爽やかでした……」

「藤子さんっ、そんなに褒《ほ》めないで下さいっ」

褒めてないわ！

「だからそーゆー発言が蓬田を不快にさせてんだって」

「……すみません。ですが、ストーカーがバレてしまったので、もう心の声を隠す必要がないですから」

って開き直りか！

「で、ちなみにGPSはどこに付けてたんだ？」

「……藤子さんの鞄のキーホルダーの中です」

三人同時に部屋の隅に置いてある私の鞄に顔を向けた。鞄には遠い昔友達がくれたクマの小さいぬいぐるみのキーホルダーを付けているのだけど。

あの中にGPSを入れたの……？

坂本さんが無言でそれを取り、クマのお腹を触る。

「硬いの入ってるわ……」

……恐怖。

坂本さんはまだ熱い緑茶を一気に飲み干し、仁科さんに訊いた。

「で？　犯行の動機はなんだよ」

仕事ムリ

仁科蒼真 Side

藤子《ふじこ》さんを如何《いか》なる状況からも護れるように僕はジムに通い、武術も習った。師範にはなかなかの腕前になったなと褒《ほ》めて頂けた。

なのに……、ものの数秒で負けるとは。

藤子さんの隣で、藤子さんが直々《じきじき》に淹《い》れた尊いお茶を飲む坂本《さかもと》という男に……。

昨日、藤子さんは僕を徹底的に遮断した。

電話は着信拒否、ドアは開けてくれないし、ベランダにも姿を現してくれなかった。

僕は嫌われた事実に、泣きながら藤子さんの部屋を盗聴した。

それでも、警戒してるからなのか、トイレとシャワーの音以外ほとんど何も聞こえなかった。

ああ藤子さんが僕を……、気持ち悪いと思っている、嫌っている。

どうしたら許してもらえるか、どうしたらまた僕に笑ってくれるのか……。悶々《もんもん》と考えながら眠れぬ夜を、いつか藤子さんが僕の手を拭いてくれたタオルを胸に抱きながら過ごした。

翌日、夜明け前に意識が飛び眠ってしまった僕は、スマホのアラーム音に起こされた。

いつもより早く出勤準備を済ませ、藤子さんの玄関の前で、藤子さんが出てくるのを待っていたけど、いつまで経ってもドアが開かないことを怪訝《けげん》に思いGPSを確認すると、なんと藤子さんの位置は保険会社を指していた。

僕を警戒して、はやめに家を出た……？

ショックでしばらく頭を抱え立ち尽くしていた僕を現実に呼び戻したのは、藤子さんとは反対側のお隣さんだった。

「兄ちゃん、何してますん？」

「ハッ！　……いえ、お構いなく……」

時々奇声を放つ不気味なお隣さんの姿を見たのは、実はその時が初めてだった。

藤子さん以外に引っ越しの挨拶をしていなかったからだ。

不気味なお隣さんは寝間着のままで、特に外出するような様子はなく、ただ僕を上から下まで舐《な》めまわすように見ながら歯を磨いている。

「失礼します」

逃げるように彼を通り過ぎ、鉄骨階段を降りた。


「なあ……、課長こないだから様子がおかしくないか？」

「あんなに堂々と仕事しない課長、初めて見ました……」

「やっぱり体調が良くないんじゃないですかね……」

「ちょっと誰か訊いて来いよ」

「え、嫌ですよ。なんか重い感じの雰囲気あるじゃないですか」

経理課の部下達のヒソヒソ会話が僕の耳に入ってくるけど、どぉーでもいーし……。

藤子さんに完全に嫌われ、警戒され、変態として認識されていることがただただショックで悲しくて、仕事などする気にもなれない。

椅子にだらしなく座り、首の後ろに片手を置き、デスクに両足を乗せ、紙パックの豆乳をストローで飲みながら、天井を虚無の眼差しで見つめる。

豆乳の味がしない。

藤子さんが笑ってくれない世界など、色も味も匂いも失ったような虚《むな》しい世界だ。


「か、課長……。あの、これ営業の藤田《ふじた》さんから預かったファイルなんですけど」

「藤子さんが⁉」

「え、あ、いえ。藤田さんです。先週、課長が頼んでいたファイルを渡して欲しいって言われまして」

「……藤田ですか？　藤子ではなくて？」

「えっ、あ、はい。藤田……さんですけど……」

おずおずといった感じで僕に青いファイルを差し出す部下。

「……その辺に適当に置いといてください」

「あ、はい……」

「……ちなみに藤田さんの藤の漢字は、藤の花の藤ですか？」

「へ……。あ……はい、そうですけど……？」

「そうですか。紛らわしく大変迷惑なのでひらがな表記にするように言っておいて下さい」

「……えっ？　え？　……へ？」

困惑の表情をする部下に「他に用はありますか」と訊くと、泣きそうな顔になりながらデスクへ走っていった。

「課長がやっぱ変ですぅぅぅぅっ！　うわーん」

「おーよしよし、頑張ったな」

「チョコあげるからな、食うか？」

経理部内では一番年下で可愛がられている彼の周辺に、他の部下達が集まり宥《なだ》めているが、本当に僕にはどうでもいい情景だった。

ああ、藤子さん……。藤子さん。僕の癒《い》やしの藤子さん。

スマホでGPSを確認した。会社にいる。

隣にストーカーが住んでいると知ったのに、まあそのストーカーは僕なのだけど、それでも会社に赴《おもむ》く律儀《りちぎ》な藤子さん。

今日は会社でどんなことがあるんだろう。誰とどんな会話をするんだろう。変な男に話しかけられて笑ったりするのだろうか。誰かに嫌味を言われて傷ついたりしないだろうか。

ああ、藤子さん。

スマホに保存している写真を眺《なが》めた。

ファミレスで勉強に集中する藤子さん。信号待ちする藤子さん。老人の落としたハンカチーフを拾ってあげる藤子さん。本屋で資格の本を探す藤子さん。

どの藤子さんも美しくて淑やかで可愛らしい。

いつも健気《けなげ》で頑張っている藤子さんを見て、投げやりになっていた気持ちを少し立て直す事ができた。

デスクから足を降ろし、背筋を伸ばして座り直す。

とりあえずやらねばならぬ事はやろう、と仕事の顔を貼り付けて、青いファイルを摑《つか》み取った。

いつも僕の愁《うれ》いを溶かしてくれるのは、やっぱり藤子さんしかいないんだと、僕は改めて思い知らされた。

藤子さんとの癒やしの時間を失ってしまった僕は、精神が枯渇《こかつ》していて、いくら仕事に集中しようと業務に勤《いそ》しんでも、頭はうまくまわらなかった。

「さっき課長、真顔で壁にぶつかってたぞ……」

「ゴミ箱に脛《すね》をぶつけてるのも見ました……」

「私なんて飾ってあった花瓶の花が百合《ゆり》だったからって怒られました。なんで藤の花じゃないんですか！　って」

「荒ぶっている……。いつも冷静沈着で真面目な課長が……」

耳に届く部下達の小声に気を向ける気力もなく、僕はなんとか今日の仕事を終わらせた。

定時に上がり、駐車場でGPSを確認する。藤子さんはまだ会社にいる。

今日は残業するのかもしれないと、先に家に帰る事にした。


異変に気付いたのは帰宅してすぐのことだった。

藤子さんの位置を示す赤い丸が、いつもの藤子さんの行動範囲内から大きく外れている場所にあった。

この場所で何を？　誰かと一緒？

僕は直ぐさま車のキーを摑んだが、ちょっと待てと自分を制したのは、怯《おび》えた顔で僕を見る藤子さんが脳裏に浮かんだからだ。

気になって仕方がないけど、すぐに帰宅するだろうと踏んで自宅待機することにした。

僕は畳の上で正座をして、ずっとスマホの画面を凝視していた。いつまで経っても赤い丸が動かない。

藤子さんが何をしているかわからない状態が続くのは拷問に思えた。

結局耐えきれなくて電話をかけたけど、やはり藤子さんは出てくれなかった。

「ああ藤子さんっ！　今何してるんですか！」

あまりにもでかい独り言を吐いてから、畳の上に仰向けになり、汚くシミだらけの天井を睨《にら》んでいたら、いつの間にか眠っていた。

昨夜、まともに寝ていなかったからかもしれない。


足音を聞いたような気がしてハッと目を覚ました時、時間は七時を過ぎていた。

藤子さん！

起きて一番に考えるのは藤子さんただ一人。スマホでGPSを確認すると、自宅に戻っている事がわかった。

隣に……いる。

その事実だけで僕の張りつめていた気がどれほど和らいだか。

いつものように、盗聴器の受信機を耳に当てる。

藤子さんの独り言は多いわけではないが、家族や友人と電話する時があるとこの盗聴器が大変良い働きをしてくれる。

「おつまみは、お前がいいな」

聞こえた男の声に、一瞬脳がフリーズした気がした。

「やだぁ、もう、ふざけないで」

「ハハハハハハ」


な、なんだこの不自然な笑いは……。

藤子さんの部屋に……男がいる……?

受信機が壊れそうな勢いで握《にぎ》りしめながら、言葉を聞き逃がすまいと耳を押し当てる。

「枝豆あるよ?」

「じゃあ、それで」

「それじゃあ、今用意するから、そこに座ってて」

「ああ」

「はい、お待たせ」

もう枝豆を用意したのか?　流石《さすが》藤子さん、手際が良い。……って、二人で枝豆を食べるつもりなのか!?

ぼ、僕も藤子さんと枝豆を啄《ついば》みたい!!

音。

グラスのぶつかり合う音を予想していたが、聞こえたのはハイタッチを連想する音。

パチンッ！

「ああ、乾杯」

「乾杯」

「ありがとう」

藤子さんとハイタッチ、したのか？　……藤子さんとやりたいことベスト100に入ってるハイタッチをどこの馬の骨ともわからない男が易々《やすやす》とやってのけたっていうのか⁉

「うまいな。ビール」

「うん、仕事の後はビールだね。あ、そういえば平祐さん。今日はボクシング行かないの？」

「ああ、今日は休みだ。昨日試合があったからな」

「勝ったんだよね。すごーい」

「ハハハハハ。ボコボコにしてやったぜ」

「流石《さすが》！　つよーい！」

「ハハハハハ」

笑い方に癖《くせ》があり過ぎるだろこの男。

それにしても……。藤子さんと二人きりでビールが飲めるのは僕の特権だったはず。藤子さんは今……、別の男と……ビールを飲んでいる。

「藤子さん……」

気付けば泣きながら奥歯を嚙み締めていた。


「触ってもいい？　腕」

な⁉　触ってもいい⁉　藤子さんっ、だめだ！　触っちゃいけない！

僕は立ち上がり藤子さんがいる方の壁を目を瞠りながら見つめた。受信機を握る手が異常に震えている。

「おう。触ってもいいのはお前だけだぜ、藤子」

呼び捨てするな僕の藤子さんを！

「わあ、筋肉すごーい！　かたーい！」

ああっ藤子さん！　触ってはいけないです！　手が汚れます‼

「ほら、ここも触ってみな」

「すごーい！　腹筋ばきばきー！」

腹筋⁉

藤子さんが男の腹を触ったという情報が耳から入った瞬間、僕は目眩《めまい》に襲われ、本棚に手をつくつもりが並んでいた物を落としてしまった。

片手でそれらを拾いながらも藤子さんの声は受信機を通って鼓膜を揺らす。

「こんな素敵で男前でワイルドでセクシーで強くて包容力のある人が私の彼氏になるなんて、夢みたい！」

彼氏⁉　有り得ない！　有り得るわけがない‼　ああ藤子さん⁉　も、もうやめてください！　ああっ、きっとこれは、僕がストーカーだと知ったショックでやけくそになって男を部屋に連れ込んでしまっただけなんだきっと！

藤子さんっ！　僕がっ、僕が悪かった！　藤子さん！

「俺も藤子と付き合えて嬉しい。何があっても君を護る」

「頼りになるー」

「ハハハハハハハ」

笑い方が気に障る！

どうにもならない苛《いら》つきを自分の太ももを捻《ひね》り上げてなんとか小規模に発散する。

急に、隣の部屋が静まり返った。

囁《ささや》き合ってるのではと青ざめた僕は、聞き漏らすまいと耳が赤くなるまで受信機を押し付ける。

ややあってから、再び声は聞こえた。

「ふー。まさか会社で演劇することになるとはな！」

「……え？」

「いや、でもまさかみんなが俺たちを恋人役にするとはな」

「……え」

「俺たちが本当に付き合ってるって知ったらみんなビックリするな。ハハハハハハ。藤子、お前、台詞《せりふ》読むのうまいじゃねーか」

「……え、あ、えーっと、ありがとうございます？」


……台本？

……本当に付き合っている？

もう訳がわからなくて脳処理すらままならない。

「坂本《さかもと》さんもお上手です」

坂本……？

もしかして、相手は藤子さんの会社で働くあの坂本という男？

……体調不良で早退した藤子さんを自宅まで送迎し、薬を買いに行き、藤子さんのパジャマ姿を見、林檎《りんご》を切り、甲斐甲斐《かいがい》しく世話をしたあの不届き者。

怒りが沸々《ふつふつ》と湧《わ》き始めた。

「藤子、会社以外では俺のこと平祐《へいすけ》って呼べって言ってるだろ？」

「えーっと、へ、へいす……け、さん、でしたね」

「そう。さんもいらないだろ。平祐って呼べよ」

「へ、平祐？」

あああああああ藤子さん！　どうして！　なぜ！　僕の名前ですらさん付けだったのに！

「あの、坂本さん」

「平祐だってば」

「へ、平祐っ！　ちょ、ちょっと近いですよ」

近い⁉　近いってどういうことだ⁉　おのれ坂本！　僕の藤子さんに近づいてんじゃねーぞ！

「わっ！」という悲鳴と鈍《にぶ》い衝撃音が聞こえ、僕は空いている耳を壁に押し付けた。どうしたんですか藤子さん！　大丈夫ですか藤子さん！！！

「えっ⁉　さかっ、へっ⁉」

「藤子……、今夜、泊まってもいいか？」

「さ、坂本さん……？　これは、あの、やり過ぎでは」

「そうか？　俺はずっと我慢してたんだぜ？　やっと藤子の部屋に上がれたんだ、我慢できねーだろ……」

　僕の全身が毒を飲まされたかのように震え始めた。ふ、ふじ、ふじ、藤子さんがあぶ、あぶ、ああ、あ、あぶない。

「可愛いなぁ、こんなに顔を赤くして」

「ヒィッ！　ちょ、首触らないで下さいっ！」

「そんな事言って、本当はこうなることを望んでたんだろ？」

「坂本さん⁉」

「藤子……」

　もう我慢ならなかった。もう聞くに堪えなかった。

　僕の大事な藤子さんが危険な目に遭ってることだけは十分に理解できた。これは、正に僕の護衛が必要な時‼

　僕はすぐさま藤子さんに電話した。別に電話でどうかなるとは思っていないが、坂本の注意を引きつける言わば時間稼ぎ。

　だけど、心のどこかでは期待していた。藤子さんが電話に出て、僕に助けてと縋《すが》ない。

ってくれるのを。
「くそ！」
悪態をついて電話を切り、ベランダの引き戸を乱暴に開けた。
隔《へだ》て板を外そうと試みたが取れなかった。多分僕の頭は怒りでうまくまわってい
最初から玄関に向かえば良かったと唇を噛みながら室内を走り、藤子さんの玄関
のドアノブを勢い良く回した。
鍵がかかっていたが、僕は藤子さんの鍵を所持している（盗聴器の充電の為にや
むを得ず）から開ける事ができた。
ドアを開けた瞬間、目に飛び込んだ情景は、坂本に押し倒されていた藤子さん。
殺意すら湧いた。坂本という名の男に。
僕ですら押し倒したことなどないのに！　そんな状況に憧れを抱きつつも藤子さ
んを怖がらせてなるものかと自分を抑えていたのに！
藤子さんを真上から眺めるとか羨《うらや》まし過ぎだろ!!!!!!
一発、いや数発殴らなければ気が済まない。
最高に痛いのかましてやるよ！　と坂本の胸ぐらを摑《つか》んだまでは良かったのに、
気付いた時には、僕の視界の先は天井に変わり、次の瞬間には畳に背を打ちつけら

れていた。

何がどうなって。

痛みと衝撃で目眩に襲われている間に、僕は縄で縛り上げられていた。

どうせ縛られるなら、藤子さんに縛ってもらいたかった。

坂本はその後、僕の事情聴取を楽しそうに始め、熱い緑茶を一気に飲み干し、僕に訊いた。

「で？　犯行の動機はなんだよ」

その理由

（続）仁科蒼真Side

動機は……。


変態を見る眼差しを向ける藤子《ふじこ》さんの顔があまりにも可愛らしくて、僕は不思議な悦《よろこ》びを感じながら、口を切った。

「藤子さんは僕の命の恩人なんです」

僕を見つめてキョトンとする藤子さん。ああ、可愛い。撮りたい……。

「あの、何もしないと誓うので縄を解いてもらえないですか？」

「本当に何もしねーのか？」

「……藤子さんが可愛いので何枚か写真を撮る以外は何もするつもりはありません」

「ヒィッ！」

「んじゃ却下だ」

くっ……！　坂本《さかもと》め……。

恨みの双眼を送ったが、坂本は藤子さんに顔を向けた。

「命の恩人なのか？」

「え、……いえ。身に覚えがありません」

訝《いぶか》し気に首を傾げる藤子さんも可愛いけど、あの日のことを覚えていないというのはやはり落胆してしまう。

「命の恩人って、仁科《にしな》さん死にかけたのか？」

「いえ……。自殺を考えていたんです」

「自殺？　仁科さんが？　なんで？　金持ちでイケメンでステータスもあるのに？」

坂本の言葉に、僕は苦笑しながら卓袱台《ちゃぶだい》に視線を落とす。

「坂本さん、イメージだけじゃその人が幸せかそうじゃないかなんてわからないじゃないですか。自分にしかわからない苦しみなんて、誰にでもありますよ」

仮にも先輩である坂本の気を悪くしないよう気遣う表情をしつつも、藤子さんははっきりした口調で言った。

ああ、藤子さんはこういう人だ。だから僕は彼女を（ストーカー行為中に）どんどん、益々好きになったんだ。

「まあ、それは確かにそうだけどよ。てか、なんで自殺しようと思ったの？」

「……それを語ると夜明けがくると思うので、今回は省きます」

「そうか。んじゃ要点だけで」

「はい」

「六年前、当時大学最後の年だった僕は、藤子さん達が勤めている保険会社のビルに行きました。屋上から飛び降りて、死ぬつもりだったんです」

「あ……」

藤子さんが顔を上げた。ああ、思い出してくれたんだ。

あの日のことを。

「正に飛び降りようとした時、僕を止めてくれたのが藤子さんでした」

「あの、仁科さん……。その時もしかして、眼鏡《めがね》かけてました？」

「はい」

すると藤子さんは「うーん……？」と首を傾げる。

「どうしたんだよ」

「仁科さんが言う通り、私も六年程前に会社のビルで飛び降り自殺を図ろうとしていた人を止めたことがあるんですけど。……ただ、記憶にあるあの人と仁科さんが違い過ぎて、重ならないというか……」

「当時は僕はぽちゃっとしてましたし、吹き出物だらけの顔を隠そうと前髪も長かったですから……」

「仁科さんって昔太ってたのか？」

「はい。過度のストレスで過食してましたので」

「ダイエットしたのか？」

「はい。藤子さんの好きな異性のタイプを徹底的に調べ上げ、一年かけてこの姿に仕上げました！」

それはそれは壮絶な体改革計画で、何度も挫折しかけた僕を奮《ふる》い立たせたのは、やっぱり遠くから（僕が一方的に）見守っていた藤子さんだった。

「蓬田《よもぎだ》って、こーゆー見た目の人がタイプなのか？」

「えっ、いや、えーっと」

「藤子さん、この間利宗《としむね》君に僕の事をドンピシャのタイプだって言ってましたもんね！」

僕ははっきりと聞いた。盗聴器の受信機から、あの藤子さんの声を。

「そ、そんな誇らし気な顔してますけど、それっ、盗聴してたやつですよね⁉」

「なんで照れるんですか⁉」

「ええ、まあ……」

藤子さんが怒っているというのに、何故僕は嬉しいんだ……。いや、だって。藤子さんのあんなムキーッとしてる顔、か、可愛すぎるんだからっ……！

こんなに荒ぶる藤子さんを初めて見た。しかもこんな近距離で……。もしかしてこの状況はどん底ではなく、至福⁉

ストーカー行為だけでは見る事ができなかった藤子さんの別の顔を見るチャンス⁉

「なんで仁科さん笑ってんだよ……」

「し、知りませんよ気持ち悪い」

「てか利宗君って誰？」

「弟です」

「あー、なるほど」

坂本はまた藤子さんに緑茶のおかわりを頼み、頬杖をついて僕に視線を向けた。

「少々脱線したが、話の続きをしてくれ」

「あ、はい」

僕は背筋を伸ばした。

「ある日、どこに行く訳でもなく歩いていました。ふと五階建てのビルが目に入って、あの屋上から飛ぼうと急に思い立ったんです」

「死ぬ場所をランダムに選ぶなよ。不謹慎な話だけど、死んだ後に迷惑を被る人だっているんだから、そこらへん考えろって」

「……それに関しては返す言葉もありません」

浅はかな考えだったと今ではわかる。

「はい、続き」

「はい。えーっと、それで屋上で飛び降りのカウントダウンを始めた時、藤子さんが屋上に来たんです。そして僕を見て慌てて止めにきたんです」

「そーなのか？」

「あ、はい。その通りです。その当時はお昼ご飯を屋上で食べていたんです」

「昼食どころじゃなかったな……」

「はい……。坂本さん、また脱線してます」

「あ、ごめん。仁科さん続けて」

「はい」

僕は藤子さんを見つめた。目が合ってビクッと肩を揺らす藤子さんは、逃げるように下を向いた。

「藤子さんは僕を見るなり走ってきました。何やってるんですか、飛び降りるつもりなんですか、と慌てた様子で。僕が地上を見下ろす度に藤子さんは声を張り上げました。はやまらないで、何があったか知らないけど死んじゃだめですよ、だいたい五階じゃ死ねない可能性もありますよ、痛くて苦しいだけですよって涙を流して……」

「五階じゃ死ねないはないだろ、蓬田……」

「焦《あせ》ってたので……、もうてんやわんやで」

「どこの誰だかわからない他人を、泣きながら必死に止める藤子さんに僕は死ぬのを躊躇《ちゅうちょ》し始めました。だけど、僕はやっぱり死にたくて、僕はもう操られた人生なんか送りたくないんだって言ったんです。そして飛び降りる覚悟を決めたんです」

屋上から見下ろしたアスファルトの景色を今でも鮮明に覚えている。

「体を傾けようとしたその時、藤子さんは柵《さく》の隙間から腕を伸ばし、僕の服を摑《つか》みました。藤子さん、その時、僕になんて言ったか覚えていますか？」

「えっ……。えっと、すみません、覚えていないです」

「そうですか……」

「なんて言ったんだよ」

「操られたまま死んじゃっていいんですか、あなたの人生はあなたが操縦するんですよと言ってくれたんです」

目を真っ赤にして、涙でぐちゃぐちゃに歪んだ顔で、貴方《あなた》は僕に言ってくれたんですよ。

「ヒュー。かっこいいこと言ってるじゃねーか蓬田」

「茶化《ちゃか》さないでくださいよ……」

藤子さんは下に向けていた視線をゆっくりと僕へとあげた。

「その言葉……、どこかで聞いた事あるなって思いつつ、仁科さんすごいな、尊敬するなって感動までしていたんですけど、私が言ってたんですね」

「はい。その後、貴方は貴方の人生という名の飛行機のパイロットなんですよって言ったのは覚えてますか？」

「え、ちょ、なんですかその恥ずかしいフレーズ。私そんなことも言ったんですかっ」

「クククックプックフフフフアッハハハハ」

「坂本さん、笑わないで下さいよ」

「いやっ、悪い。舞台の台詞《せりふ》かよって思ったらツボにはまっちまって!!」

肩を揺らす坂本を赤い顔で睨《にら》む藤子さんを見ながら、はぁ可愛いと萌えつつ、腑《ふ》に落ちない。

「……そんなに変ですか？　僕は胸を強く打たれましたよ、あの時」

「だってよ、よかったな蓬田」

腕をバシッと叩かれた坂本を羨《うらや》ましいと思いながら、僕は言葉を続けた。

「とにかく、僕はとてもじゃないけど藤子さんの目の前で飛び降りる気になれなくて、柵の内側に戻りました。僕も藤子さんもその場に座り込んで、泣いていました。やがて、藤子さんは休憩が終わるからといなくなってしまい、僕も家に戻りました……」

「蓬田本当に覚えてねーの？」

「……うろ覚えです。テンパってたんです……」

「その後、僕は大学を卒業しイギリスへ留学しました。親から離れ、違う文化に触れ、僕は考え方を改めました。その時、初めて人生が楽しいと思えました。あの時、死ななくて良かったって心の底から思ったんです」

藤子さんがハッとしたように顔を上げた。

心無しか、僅《わず》かに頬が綻《ほころ》んでいて、僕はその天使のような微笑に胸の鼓動が速まるのを感じた。ああ、藤子さん。なんですかその可愛さ。天使ですか天使ですよね。人間界に遊びにきて帰れなくなった天使ですよね！

「だから僕はずっと藤子さんに感謝してたんです。留学から帰ったらお礼をしに行こうってずっと考えていたんです。毎日、一日もかかさず、泣きながら僕を止めた藤子さんのことを考えていたんです」

熱の籠《こも》った視線を送ったら、また藤子さんは顔を伏せた。

「それであの会社のビルで藤子さんを待ち伏せしてたんですけど、ずっと想ってた人がいざ目の前に現れると、緊張するもので、お恥ずかしいのですが僕は話しかける事ができず、結局後をひっそりと追いかけてしまったんです」

「ストーカーの始まりだな」

「すぐ話しかければ良かったんです。ですが、観察を続けるうちに藤子さんの家庭環境や人一倍努力する姿を知るようになって、僕はだんだんと使命感を覚えるようになったんです。僕の命の恩人を様々な苦境から護らなければ！　と」

僕は胸を張り、堂々と言った。

「ですから、確かにストーカーはやましい行為ですが、僕の動機は不純ではありません！」

「いや隣に引っ越して私生活覗《のぞ》いてるんだから不純だろ」

「くっ……」

僕にも僅かに後ろめたい気持ちがあったから、坂本の言葉に論破されてしまった。

　張り上げていた胸は縮こまり、背中が丸くなる。

「僕はただ……、藤子さんに助けてくれてありがとうございますって言いたかったんです……。藤子さんのこと、知りたかったんです……」

　この気持ちは嘘じゃない。

　僕の命は間違いなく、藤子さんが救ってくれ、僕は僕の人生を歩んでいる、……と思う……。

「それが、どこをどう間違えたか……。僕はストーカーに成り下がっていたんですっ……」

「どこをどうって……。会社で待ち伏せして尾行した時からだろ」

「……」

　坂本のツッコミを最後に、しんと静まり返った部屋。

　しばらくして、鈴を転がすような可憐な声がした。

「ストーカーなんかしなくても、私について知りたい事があるなら、直接聞いてくれれば答えました。……写真が欲しいなら、一緒に撮りました」

「藤子さん……」

「私は、仁科さんと出会えて良かったって思ってました。お隣同士になって、仕事が終わった後にベランダで話す時間がいつも楽しみだったんです。それなのに、その正体がまさかストーカーだったなんて……。気持ちわる……というか、……裏切られたような気持ちで」

「まあ、気持ち悪いしドン引きだわな」

ボソリと呟く坂本の隣で、藤子さんはコクリと頷いた。

「だけど……、私、仁科さんを警察に通報するつもりはありません。大事《おおごと》になるのは私も困りますし、私が勤める会社や仁科さんの勤める会社までも巻き込んでしまいそうで、そういうのは面倒だし、嫌なんです」

「だから」と藤子さんは眉間《みけん》に僅かなシワを寄せて、真剣な表情で僕を見据《みす》える。

「仁科さん、私へのストーカー行為を金輪際《こんりんざい》きっぱりやめると今ここで誓ってください」

「藤子さん……」

ああ……なんてお綺麗なんだ藤子さん。でも僕には気になる事もある……。

「あの……、先ほどからずっと言いたかったことがあるのですが、僕の事、蒼真《そうま》と呼ぶって約束しましたよね……？」

藤子さんは一瞬白目を剝《む》き、その次に卓袱台を一発叩いた。

「ちょっと人の話聞いてました!?」

「勿論聞いていました! ですが、スピードで負けましたよね!?」

藤子さんに反論するのは心がとても痛いけど、これだけは僕も譲れない。あの柔らかく可愛らしい可憐な唇に、もう一度、いやずっと、永遠に、蒼真と呼んで欲しい！！！

「仁科さん、空気読めないんですか⁉　普通に考えて、こんな状況じゃ無効に決まってますよね⁉」

「そ、そんなっ……」

「蓬田……。取り乱すなって、落ち着け……」

坂本に肩を叩かれた藤子さんは、膝立ちしていた体を畳に降ろした。

「お前もブチキレるときがあるんだな……、意外な一面見たわ……」

呟く坂本に、僕も内心同感する。

お淑やかで優しくて、いつも落ち着いていて、そして努力家の藤子さんだけど、ここまで感情を乱す姿はストーカー歴五年の僕ですら見た事がなかった。

「キャパオーバーなんです。精神が崩壊しそうなんです」

「まあ、こんな状況じゃそうなるわな。よしよし」

ああああああ坂本！！　藤子さんの頭を撫《な》でるな！！！

目で殺す勢いで睨むが、坂本は全く意に介さない様子で頬杖をつき、僕に「で？」と訊いてくる。

「やめんのか、ストーカー」

僕は藤子さんを見つめた。

ストーカー行為は正直な所、実に充実して愉快だった。

他の人が知らない藤子さんを知っているという優越感に、僕は酔いしれていた。

だけど、それは全て、藤子さんをひどく怯《おび》えさせた。

怯え顔はかなり可愛らしかったけど、藤子さんを怖がらせるなど重罪だ。

僕は自分の犯した罪を心から反省した。


「……やめます」

「天地神明《てんちしんめい》に誓うか？」

「はい。天地神明に誓って藤子さんのストーカーはもうしません。絶対に」

僕は藤子さんに頭を下げた。

「だってよ、いいのか？」

「……わかりました」

「誓うって言ってるけど、信用できるか？」

「もし不安でしたら、僕の部屋に盗聴器でも監視カメラでも、アポ無し家宅捜索でも、なんでもしてくださいっ！　ああっ、むしろそうしてくださいっ！　ああっ藤子さんに見られていると思いながら生活できるならっ僕はっ」

「ヒィッ！」

背に隠れた藤子さんを振り返り溜息を吐いた坂本は、軽蔑《けいべつ》するような眼差しを僕に向けた。

「あとお前……、そーゆー変態発言もやめた方がいいぞ……」

回　収

『あの時、死ななくて良かったって心の底から思ったんです』

その言葉を聞いた時、率直に嬉しかった。

あの時は自分のことしか考えていなかったとはいえ、自殺を必死に止めようと私が説得し飛び降りをやめたあの人が生きていたこと、そして死ななくて良かったと思っていた事を知って、ただ純粋に、嬉しかった。

ただ、問題なのは、その彼がストーカーに成り下がってしまったということだ。

私が癒《い》やしのお隣さんだと思い込んでいた仁科《にしな》さんは、結構ガチなストーカーだった。

警察に通報しない。

それは仁科さんがストーカーを始めた動機や経緯を聞いても、変わらない気持ちだった。

だから仁科さんに誓うようにお願いした。ストーカーをやめて、もう二度と同じ過ちを繰り返さないと。

　五年もストーカーをしていた男の誓いなんて、普通なら信じられないと思う。だけど、私は仁科さんを信じた。

　この人はもうしないだろうと、根拠もないのにそう思えた。私は救いようのないお人好しなのかもしれない。


　とりあえず、私の部屋での取り調べは幕を閉じた。

　その後、坂本《さかもと》さんの提案で、仁科さんの部屋にあるストーカーグッズと私の写真や取って保管していたものを回収しようという話になり、私達は隣の部屋に移動した。

　仁科さんの縄は解いた。

　ギッチギチに縛ってあるから血の巡りが悪そうだったし、肌に跡がついたら困るし、何かあったとしても坂本さんがいるなら対応できると思って私がそう頼んだ。

「うわぁ……ガチじゃん……」

　坂本さんは仁科さんの部屋の壁を見るなり呟いた。もう口調だけでドン引きしているのがわかる。

「この壁に貼ってあるので全部なのか？」

その問いに束《つか》の間《ま》渋った様子を見せた仁科さんは、押し入れから大きな箱を取り出してきた。

いや、ま、まさか……。

仁科さんが蓋《ふた》を開けると、中には数十冊のアルバムが綺麗に並んで入っている。

「なんだよこれ……」

「全部、藤子《ふじこ》さんの写真です」

「ヒィッ！」

目眩《めまい》を覚え坂本さんの背後でクラァッとよろける。

「こんなに撮ってたのかよ……。気持ち悪いな。全部捨てるぞ、ほらゴミ袋持ってきて」

「や、やっぱり捨てるんですか⁉　全部⁉　どの藤子さんも最高に天使のような妖精のような可愛さなのにですか⁉」

「天使だろうが妖精だろうが盗撮なんだから捨てるんだよ」

「そんなっ……」

膝をガクッと落とし、畳に手をつけ項垂《うなだ》れる仁科さんの肩を、坂本さんがバシッと叩く。

「もうストーカーしないって誓ったんだろ？」

「くっ……。はい……、わかりました……。捨てましょう……」

仁科さんは涙を流して頷いた。

持ってきた黒いゴミ袋へ、なんの躊躇《ちゅうちょ》もなくアルバムを放り投げる坂本さん。

その後ろに座り、ゴミ袋を眺《なが》めていると、投げた衝撃で一枚の写真がアルバムから出ているのに気付いた。

恐る恐る腕を伸ばして拾い上げる。

写真にいるのはやっぱり私で、駅の改札をちょうど抜ける所。写真の下部には年月日があり、三年前の秋のものだとわかった。

急に興味が湧いて、箱の中に残るアルバムを摑《つか》み取り開く。

やっぱり全員、私。

こんなに盗撮されていたなんて全く気付かなかったし、仁科さんのストーカースキルが高すぎで気持ち悪すぎだし鳥肌が立ったのに、いつの間にかじっくり見てしまっていた。

私は自分の写真が少ない。両親にもほとんど写真を撮ってもらわなかった。

だからなのか、盗撮とはいえ、こんな風に日常が写真に収まっているのを見ると、なんというか……捨てるの勿体《もったい》ない、とか思い始めて。

　ガシッと坂本さんの腕を掴み、止めてしまった。

「どした？」

「あの、とりあえず今日は、……捨てるのやめましょう」

「はあ？　なんで？」

「いや……、なんというか。日常を撮ってもらう機会ってありませんし……」

「日常を撮ってもらう機会って、お前これ盗撮だぞ……？」

「わかってますけど……。折角なので、写真を選別して、気に入らないのだけ捨てます」

「……蓬田《よもぎだ》がいいなら俺は構わないけどさ」

　呆れた顔をする坂本さんの視線から逃げるようにゴミ袋からアルバムを取り出し始める。

「あの、藤子さん」

　仁科さんが戸惑《とまど》いながら私を呼んだ。

「なんですか？」

「僕もその写真選別……、参加してもいいですか？」

「……なんでですか」

また良からぬことを考えているのではと、目を細めてしまう。

「撮った僕が言うのもなんですが、どの写真も余す事なく藤子さんの可愛さがそのまま撮れているので、選ぶのはすごく時間がかかると思うんです。せめてもの罪滅ぼしにお手伝いしたいんです」

「そ、そういうことでしたら、許可します」

「ありがとうございます！」

「いやだめだろ。てか蓬田……お前何照れてんだよ」

う……。

だって、私の可愛さがそのまま撮れてるなんて、こんなイケメンに言われたら嫌でも照れてしまうじゃない。

「と、とにかく。この箱のアルバムと壁の写真は捨てないで私が保管します！」

そう言うと、仁科さんは嬉しそうに立ち上がり、シャッシャッシャッと壁の写真を剝《は》がし、箱に入れる。

「ちなみに僕の最近のおすすめ写真はこれです」

見せてくれた写真はファミレスで勉強している私で、参考書を真剣に見つめながら唇を突き出し、持っていたフォークの先を唇に当てているもの。

「わ、悪くないですね」

ちょっと可愛く撮れてると思ってしまった。

まるで雑誌でよく見るＯＬの一週間コーデのひとコマのような……ってそれは流石《さすが》に言い過ぎか。

「最高に可愛いです」

元ストーカーのくせに、爽やかに笑う仁科さんが眼福すぎて不覚にもトキめいてしまい、誤摩化《ごまか》すように急いで箱の蓋を閉めた。

「これなんだよ」

坂本さんが机の上にあった分厚いノートを掴み、仁科さんに見せた。

「それは『藤子さん護衛日記』です」

「気持ち悪いな。捨てるぞ」

「ああっ」

ゴミ袋に投げ入れようとした坂本さんの腕をまた掴み、止めてしまった。

「……なんだよ」

「い、いや、その、一応中身の確認を……」

何か言いたげに双眼を細める坂本さんに、へらへら笑いを返すと、「……お前がいいならいいんだけどさ」と溜息を吐かれた。

適当に開いたページを読んだ。

読んだ感想は気持ち悪いの一言に尽きるのだけど、私は日記を書いた事がないし、こうも詳細に私の行動が記録されているのを見ると……捨てるの勿体ない、と思ってしまう。

「……これも私が全冊引き取ります」

「捨てないのか……？」

「……はい」

溜息を吐く坂本さんの後ろで、仁科さんがガッツポーズをしていた。


結局、捨てたのは盗聴器などの機械類と、ジップロックに入れて保管していたいくつかの物だった。そして忘れてはいけない、合鍵も回収。

しなくてもいいと止めたのに、仁科さんが「構いませんよ。むしろそうして貰った方が藤子さんも安心すると思うので……」と言うので、坂本さんは仁科さんの部屋を片っ端から調べ上げ、何もないことを確認した。

仁科さんはお金持ちのはずなのに、部屋にあるのは必要最低限の家具と、適度な量の衣類と一人分の食器などだけで、坂本さんも「俺んちより何もねぇ……」と意外そうにしていた。

ただ、私の部屋とは違い、家具等はそれなりのお値段がしそうなものだったし、統一感もあった。

時間はもう十一時を回っていた。

明日も仕事があるのに、坂本さんの時間をこんな遅くまで使ってしまって申し訳なくなってくる。

「あの坂本さん、だいたいの物は処分しましたし、仁科さんも大丈夫そうなので、この辺りで切り上げませんか？」

「うーん」

渋るように私を見てから、今度は仁科さんへ顔を向ける。

「仁科さん、もう蓬田に怖い事しないでくれよ？」

「はい……」

視線を落としつつも、仁科さんはしっかりと頷く。

「それから、蓬田が許可するまで近づかない、話しかけない、姿を現さない。これを徹底してくれ」

「……は、話しかけない……。そんな……」

この世の終わりのような青ざめた顔をして、仁科さんは私を見る。

そんな顔をされると心が苦しくなってくるけど、やめたとはいえさっきまでストーカーだったのだから、私も心を鬼にしないと。

「藤子さん……」

「……坂本さんの言う通りにしてください。それができないなら、……今度こそ警察に言います」

今にも泣き出しそうな顔をし、唇を嚙み締めた仁科さんは、しばらくしてから
「……わかりました」と声を零《こぼ》した。

そしてゴミ袋は坂本さんが、アルバムと日記の入った箱は私が持ち、私達は仁科さんの部屋を出た。

坂本さんを車まで送る。

「俺、帰るけど大丈夫か？　不安なら泊まってくけど」

「大丈夫です。坂本さんはもう帰ってゆっくり休まないと」

「うーん。……でもあの人、合鍵一個以上持ってそうじゃねーか？」

「……」

一瞬頬を引きつらせてしまったけど、「それは大丈夫だと思います」と答える。

甘い考え方かもしれないけど、仁科さんの反省具合は本気だと思うから。

私を見下ろしながら小さく溜息を吐く坂本さん。白い息がホワホワと宙に浮かんで消える。

「お前、思ってた以上にお人好しだから心配なんだよな」

「これからは気をつけます」

「お人好しなのか、あるいは……」

「……なんですか？」

「いや、なんでもねー。てか本当に泊まらなくて平気か？」

「大丈夫です」

そっか、と呟いて、坂本さんはポケットから車のキーを摑み取った。

「まあ、演技とはいえ、押し倒してきた男を泊める訳ないよな」

「あ、あれは別に、そんなに気にしてません」

「そおか？　まあとにかく、やりすぎたとは思う。悪かったな」

「いえ。それよりも、今日は本当にありがとうございました。お陰でなんとか……、収拾がついたというか、一件落着……というか」

言いながら、モヤモヤとする。

「日常がこんな風に変わっちまったんだから一件落着でもねーだろ」

「あ……。正にそんな気持ちです……」

私の最高に楽しく癒やしだった毎日が、まさかこんな形で終わってしまうなんて。

もうベランダで仁科さんと談笑するあの癒やしの時間は消えてしまったんだと思うと、なんだか虚《むな》しくて悲しい。

仁科さんがストーカー男だって知らなければ、これからも私は何も知らずに癒やされていたのかな……と、そんなことを思ってしまった自分に慌てて頭を振った。

「なんかあったら、今度は絶対警察呼べよ」

「はい」

「じゃーな。また明日」

肩をポンッと叩いて、坂本さんは運転席のドアを開けた。

「あ。あと写真の選別、いくらなんでもストーカーとやるのはどうかと思うぞ」

「……ですよね。一人でやります」

そして坂本さんは車に乗り、家路についたのだった。

癒やしのない日々

一週間が経った。

会社に行って早々、坂本《さかもと》さんに「よっ」と肩を叩かれる。

「おはようございます」

「おはよ。仁科《にしな》さんとは相変わらず何もないのか？」

坂本さん……、あれから毎日同じ事を訊いてくる。

最初のうちは心配してくれてありがたい、と頭が下がる思いだったけど、こう毎日訊かれるともしかして何かあればいいなって期待してるんじゃないかって疑いそうになる。

なんてたってあんなにノリノリで刑事さんやってた人だから。

「昨日も言いましたけど、仁科さんとはあれ以来顔を合わせていませんから大丈夫ですよ」

「再犯の疑いは？」

「……ないです」

五年もストーカー被害に遭っていて全く気付かなかった私が言うと信用できないのはわかるけど、そうオーバーに目を細めて見ないでほしい。

「本当か？　じゃあ仁科さん、本当に大人しくしてるんだな？」

「……大人しくしてますよ」

答えるのにやや時間が掛かってしまったのは、あれを大人しいと呼んでいいのか迷ったからだ。

でも、直接何かされてるわけじゃないし……。

「本当か？」

「本当です」

心でも読む勢いで双眼を細める坂本さんは、ややあってから、「てかお前、急に肌荒れしてるよな」と胸にグサリとくることを言ってきた。

「ほ、放っといてくださいっ」

「まあお隣にストーカーがいりゃあストレスも溜まるわな」

「元、ストーカーです」

「引っ越さねーのかよ」

「引っ越しません」

「なんで？」

「……家賃が安いからに決まってるじゃないですか」

何か言いたげにジロジロ見てから、「ふーん」と零《こぼ》し、坂本さんは歩いて行った。

鞄をデスクに置くと、今度は田辺《たなべ》さんがキャスターを転がしてくる。

「先輩、おはようございます」

「おはよう」

「前からちょっと気になってたんですけど、先輩と坂本先輩、何かあったんですか？」

「え？」

「最近よく話してるじゃないですかぁ」

「ああ……。えーっと、なんか、共通の知人がいて、こないだ偶然に会ってからいろいろ、話すようになって」

「へぇ。坂本先輩と共通の知人がいたんですね。世間って狭いですねぇ」

「うん……」

キャスターをコロコロ転がせて戻る田辺さんに、嘘ついてごめんねと謝っておく。

内容が内容だけに、話したらびっくりして仕事どころじゃなくなりそうだし、秘密にしておくのがいいと思う……。


定時に退勤し、帰路についた。

アパートの敷地内に入って鉄骨階段まで歩いていたとき、鈴木《すずき》さんの家のドアが開いた。

「あ、蓬田《よもぎだ》さん。仕事帰り？」

「鈴木さん、こんばんは。はい、仕事終わって帰ってきました」

「お疲れっす」

鈴木さんは四十代バツイチって事以外情報がなく、顔なじみではあるけど、あまり話した事がない人だ。

どんな仕事をしてるかもよくわからないけど、大家さんが「今度鈴木さんに競馬の勝ち方伝授してもらわんとなぁ」と言ってたから、多分ギャンブルとかは好きなんだと思う。

「お疲れ様です。では」

会釈《えしゃく》して通り過ぎようとしたら、いきなり正面に立ちふさがってきた。

「蓬田さん」

「は、はい」

「あのさ、蓬田さんのお隣さんにさ、騒音のこと、注意してくれない？」

「えっ、私が？」

「うん、だって蓬田さんも迷惑してるでしょ？」

「えっと……」

迷惑というか、むしろ困惑に近い……けど。

仁科さんの部屋からはストーカーをやめる宣言をした翌日の夜から、急にいろんな音が聞こえるようになった。

最初は足音。一体部屋で何をやってるのか、部屋の隅から隅まで全力で駆け抜けているような足音が続いていた。

次の日は、刺激的なデスボイスで歌われる曲が爆音で流され、その次の日はクラシックオーケストラの爆音、そして翌日はお経の爆音と続き、……そう言えば昨日は漫才の爆音だったなぁ……。あれは内容が思いの外《ほか》面白くて吹き出しちゃったけど。

とにかく、今までほぼ無音だった仁科さんの部屋から、騒音が出るようになった。

普通なら迷惑だなぁと苛《いら》ついたり、こっわ！　え、めっちゃ怖いんだけど！　と恐怖を覚えるんだろうけど、私はそれよりも、あの人は一体どうしちゃったんだろう……と困惑と、少しの不安を覚えていた。

「蓬田さん、お隣同士だから、おいらより注意しやすいでしょ？」

って鈴木さんの一人称っておいらだったの⁉

変な所で衝撃を覚えてしまったけど、急いで愛想笑いをして取り繕う。

「でも、仁科さんは私より年上ですし、ここは年上の鈴木さんがガツンと言った方がいいんじゃないですか？」

私は仁科さんと顔を合わせてはいけない理由があるんだから。

「そうなんだけどさ。実はおいら先週行ったんだよ、蓬田さんのお隣さんに。ほら、真夜中まで足音凄かったでしょ？　頭に来てさ、うるせーんだよ！　って一喝《いっかつ》しようと思ってノックしたらさ、おいらビックリしちゃって。ドア開けて出てきたの、すんげぇ綺麗な顔した兄ちゃんだったからさ」

「ああ。あれ、でも仁科さんの顔、今まで見た事なかったんですか？」

「ないよ。あの人、引っ越しの挨拶にも来なかったし」

「挨拶に来なかった……？」

私には高そうなタオルまで用意して来てくれたのに……？

……もしかして私にだけしに来たの……？　と推測して、思わずブルッと震えた。

「恥ずかしい話、あれだけ綺麗な男が出たらビビッちまってさ。しかもすんごい怖い顔してくるしさ、なんでもないですーって言って逃げてきたわけなの」

「なるほど……」

情けないぞ鈴木さん、と思いつつも、気持ちはわからなくもない。

「けどさ、やっぱもう我慢の限界っていうかさ、毎日毎日意味不明な爆音聞いてたら頭おかしくなりそうだし、佐藤《さとう》もブチキレてるし」

「じゃあ佐藤さんにお願いしてみるとか」

「……佐藤もさ、おいらが騒音の主が綺麗な兄ちゃんって言ったら戦意喪失しちゃってさ……」

佐藤さんもか！

「だから蓬田さんに頼んでるってわけ。いいでしょ？」

「いやぁ……」

「お隣同士なんだし、言い易いでしょ？」

「いやぁそういう訳でも……」

加害者と被害者の関係だからおたくよりやりにくいですよ……。

「おいら、これ以上珍妙な爆音聞いてたら狂ってきそうだよ……」

呟いた鈴木さんの精神状態が危ういのが垣間《かいま》見えて、お人好しの私はうっかり「わかりました。今夜言ってみます」と答えてしまった。

思わず了承してしまったものの、どうしよう……。

白米にふりかけをかけ咀嚼《そしゃく》しながら、どうしようどうしようだけを繰り返す。ふりかけの味もよくわからないまま完食し、茶碗を洗おうと立ち上がった時に、外からドアが閉まる音が聞こえた。

仁科さんが帰ってきたんだ。

固唾《かたず》を呑んでしばらく立ち尽くしてしまうくらい、妙な緊張感に襲われていた。や、やっぱり無理……。鈴木さんには申し訳ないけど、騒音くらい我慢すればいいと思う。うん。心頭滅却すれば火もまた涼し……ってね。

私は仁科さんに会っちゃいけないから……。

気を紛らわそうと卓袱台《ちゃぶだい》の上に参考書を広げた。

頭の中を英単語で埋め尽くしてしまおう、と無理に勉強モードに切り替えてから数十分後、引き戸をスライドする音が聞こえた。

仁科さんがベランダに出た。

一週間前から、仁科さんは変わらず毎日ベランダに出ている。そして私はその音を聞くと身動きがとれなくなる。

　心の中で葛藤《かっとう》しているから。と
　一緒に雑談したい！　と警戒する私が。癒《い》やしを求める私と、ストーカー被害者が加害者に会うべきじゃない！　と警戒する私が。

　ボールペンが折れそうな程ギュッと握《にぎ》りしめて数分、再び引き戸のスライド音がした。……仁科さん、部屋に戻ったんだ……。

　もう勉強する気になれなくて、ぼんやり部屋を眺《なが》めたら、仁科さんの家から回収した箱が目に留まった。

　選抜すると言ったくせに回収してからずっと放置していたアルバムを開く。

　開いたのは五年前のもので、当時は髪が肩よりも短いボブスタイルで、昔の写真っていうのもあるけど、随分と若く見える。

　派遣社員として働く事にようやく慣れてきた頃で、同時に、付き合ってた彼氏と音信不通になった頃。

　あの元カレは今頃何をしているのか。今じゃあの人がどんな顔をしていたかも曖《あい》昧《まい》だ。

　懐かしい気分になってアルバムのページを進める手が止まらない。

　如何《いかが》わしい写真があるんじゃ、と実は不安だったけど、そういうものはなかったし、自宅での私を写したものはなかった。

ざっくりとだったけど、見終わって思った事は、処分しなくて良かった、だった。これは、盗撮とはいえ、私の記録だから。


次は日記を手に取った。

「藤子《ふじこ》さん護衛日記」だなんて気持ち悪い命名。

前に読んだ時も鳥肌なしには読めない気持ち悪さだったけど、いざ！　と自分を奮《ふる》い立たせ、今年を綴《つづ》った日記のページを開いた。


——今日は藤子さんに贈り物を買ってきた。その名もストレスぶつける君。本当は藤《ふじ》の花みたいな色を探していたのだがないらしく、ピンクを選んだ。藤子さんは毎日健気《けなげ》に頑張っているのに、藤子さんの頑張りがわからない無能な連中が藤子さんにストレスを与えていると日々の会話で知り得たから、このボールが役に立つのではと思い購入した。本当は僕が直接藤子さんの勧める会社へ行き、その連中に制裁を下したいが、それはできないから、ストレスぶつける君に託すことにする。どうか藤子さんの愁いが少しでも減りますように。ボールを受け取った藤子さんの笑顔……可愛過ぎた。藤子さんが握りつぶしたあのボールになりたかった——

——藤子さんが雑誌に載った僕の写真をかっこいいと言ってくれた。他の誰でもない藤子さんがだ。ああ、一言で言って幸せだった。藤子さんが、すごくかっこよかったですよ、と僕を見ながら、そのキラキラした眩《まばゆ》い瞳に僕を映しながら言ってくれた。僕の写真を一番に見て欲しいたった一人の藤子さんに。ああ、藤子さん。今日も可愛かった！　美しかった！　優しかった！　ああ藤子さん！　日が経つにつれ僕は貴方を好きになる。好きで好きで堪らない。藤子さんに会えて良かった。藤子さんがたとえ僕たちの初めの出会いを覚えていなくても、僕は死ぬまで、いや死んでも忘れず、慈しむだろう——

——藤子さんが倒れた。藤子さんの勤める会社での過労のせいだと思うと、僕はあの忌々しい会社に乗り込んで何かしらやってやりたいと思ったが、なんとか自分を制した。そんなことをすれば藤子さんの立場が危うくなると理解しているからだ。GPSで藤子さんが自宅にいることを知り、慌てて早退した。坂本という男が藤子さんの家から出てきた時は怒りを覚えたが、彼は藤子さんを介護してくれていただけらしい。僕が見ていない所で変なことをしていないといいのだが。藤子さんが気になって、僕は藤子さんの部屋に行き、藤子さんのお母様から盗んだ秘伝のお粥レシピで藤子さんにお粥をつくった。いつもより力がない様子だったが、完食してくれてよかった。どうか藤子さんの体調がすぐよくなりますように——

……うん、どれも気持ち悪い。

これを書いた人がお隣で暮らしてるって、今改めて考えると普通に怖いよね……。

なのにどうしてか急に、仁科さんが懐かしくて、会いたいと思ってしまう。

私はやっぱり末期なんだ。

だけど、あんなことがあったのに、何もなかった風を装うなんてきっと無理。仁科さんに会えば、嫌でも元ストーカーとして見てしまうだろうし、あの不快感をまた思い出してしまうだろう。だから、会わないのが一番いい選択。ていうか、ストーカーに会いたい被害者とか、有り得ないでしょ！

その日から、騒音はピタリと止んだ。

鈴木さんと佐藤さんにお礼を言われたけど、別に私は何もしてない……。

仁科さんと会わなくなってから三週間近く経った。

今日は花金。

部署のみんなの表情は月曜日と比べて清々しいけど、私は暗く、足取りも重い。

勤務開始早々に部長に頼まれたコピーをしていると、坂本さんが隣に並んだ。

「蓬田おはよう」

「おはようございます……」

「お前、日に日に生気無くなってるけど大丈夫か？　……仁科さんとなんかあった？」

相変わらず、毎日訊いてくる。

「何もありません」

文字通り、何も。

騒音騒動から一転、仁科さんの部屋からは音がしなくなった。

玄関ドアの開閉音や水の音はするから、隣で生活はしてると思うけど、それ以外の音はほぼなく、ベランダの引き戸の音もしなくなった。

「本当に？」

「本当です。いい加減にその質問するのやめてくれませんか」

「ひー、刺々《とげとげ》しいな、おい。どうしたんだよ。あの日以来、お前ちょっと変だぞ。

ピリピリしてるし肌の荒れ具合も悪くなる一方だし」

　カチンと来て、ギロリと睨《にら》む。

「そういうのパワハラって言うんですよ！」

　目を瞬《またた》かせる坂本さんを無視し、雑にコピー済み用紙をまとめてデスクに向かった。

「今のどこがパワハラなんだよ……」と後ろで聞こえた声も全力で無視だ。

　カチャン、カチャン、カチャン！

　苛々する気持ちをホッチキスにぶつける。

　コピーした資料をまとめ終えたら、部長に呼ばれた。

「なんでしょうか」

　顧客情報のファイルを片手で持って揺らす部長の仏頂面。うわ、またやっちゃったんだ……とすぐに悟る。

「蓬田、また間違えてる。あいうえお順に並べ直してって言ったのに、なんでか行となな行が入れ替わってるの？　どうしたらこうなるわけ？」

「……すみません。すぐ直します」

「直す時間がムダなのわかってる？」

「はい。すみません」

「今週何回目？　こういう凡ミス。四回目だよね？　できて当たり前の仕事だよ、これ？　小学生だってできるよ？」

多分何か気に入らない事があったんだと思う。部長の説教という名の鬱憤《うっぷん》発散が今日はちょっと長い。

「気緩んでるんじゃない？　今までこんなしょぼいミスなかったじゃん。高卒なのに仕事は丁寧だって評価があったから正社員になれたんじゃないの？　それがなに、これ。一回、二回ならこっちも目瞑《つむ》れるけど、続いたら無理でしょ。やる気あんの？　ないでしょ？」

「……すみません」

「謝ればいいわけじゃないよ。ボーッと仕事するなら辞めた方がいいよ。ったく、はいこれ、すぐ直して」

「……はい。申し訳ございませんでした」

ファイルを受け取って頭を下げ、デスクまで戻る。

その途中で柏木《かしわぎ》さんと目が合った。見損なったわ、みたいな視線を向けないでほしいって思うけど、部長の言ってたことは図星だから柏木さんの眼差しもしょうがないのかもしれない。

仕事へのやる気がまるでないのは本当の事だ。やる気が、出ない。

奥歯をグッと噛んでいないと何かが溢《あふ》れてしまいそうで、田辺《たなべ》さんが「先輩……。大丈夫ですか？」と声をかけてくれたのに頷くことしかできなかった。

部長の説教の声が大きかったせいで、部署にはなんとも言えない重たい雰囲気がある。

胃がキリキリと痛む。

こういう時、ストレスぶつける君は役に立っていた。怒りをボールにぶつけるだけで、少しは気持ちに余裕が持てるようになるのに。

仁科さんがストーカーってわかった時、捨ててしまった。

今、それをすごく後悔している。

「先輩、お昼行きましょ」

「……うん」

田辺さんがいつもより明るく声を掛けてくれる。

説教を食らった私に気を使ってるんだと思う。

半額菓子パンの入ったビニール袋を提《さ》げ、休憩室まで続く廊下を歩く。

「部長の言ったことなんて気にしちゃだめですよ、先輩！」

「うん、大丈夫。……気にしてないから」

声のトーンが低過ぎて、嘘ってバレバレだなきっと……。

「こういう時はあれですよ！　イケメンに癒やされましょう！　仁科さんに紅茶でもねだっちゃいましょう！」

「……」

立ち止まってしまった私を田辺さんが振り向く。

「どうしました？」

「……仁科さんはもう、癒やしじゃないから」

「……え？　仁科さんと何かあったんですか？」

「何もないけど、癒やしじゃないの！」

うわ、私ってばなんて大きい声出しちゃったの……。

「先輩……、な、涙が」

「ごめん、ちょっとトイレ」

「先輩⁉」

進んでた廊下を逆方向に走り出すと、勢い余って、歩いていた坂本さんにぶつかった。でも泣き顔を見られたくはないから謝罪もしないでそのまま爆走してしまった。

昼休み中、結局トイレには行かないで、極寒なのに屋上にいた。

カーディガンは羽織《はお》っているけどそんなんじゃ防寒服とは呼べなくて、ブルブルと震えていて。

それなのに室内に行けなかったのは、目が真っ赤になるほど泣いていたからだ。

こんなに泣いたのはいつぶりだろう。

ようやく落ち着いてきて、いい加減寒さにも耐えられなくて、トイレに行って顔を洗った。

薄メイクだったお陰で悲惨なヨレかたはしていないけど、泣いたってまるわかりの顔。

時間ギリギリまでトイレに隠れて、少しはマシな顔で部署に戻れた。

「あ、先輩。大丈夫でしたか?」

「うん。……ごめんね、急に。お昼ご飯ちゃんと食べた?」

「食べましたよ、坂本先輩と一緒に」

「そうなんだ……」

ちょうど、マグカップを持ちながら歩く坂本さんが向こうに見えた。

あとでぶつかったことを謝らないと。

「先輩……」

「うん、なに？」

「今日、仕事終わったら私と出掛けませんか？」

いつもの愛嬌《あいきょう》顔に真剣味をプラスした表情の田辺さん。

「うん、いいよ。どこに行く？」

「それは、秘密です。サプライズなので楽しみにしてて下さい」

クシャリと笑ってキャスターを転がせたのを、私は束《つか》の間《ま》目を瞬きながら見ていた。

にゃんにゃん

「ニャーン」

モフモフ絨毯《じゅうたん》に座る私の脇腹に突然すり寄ってきた白猫に、ビクッと身が強張《こわば》った。

するとどこからか黒猫がやってきて、ミルクティの横に置いてあるクッキーに小さな足を伸ばす。

「これ私の……」

お皿を中央に寄せれば、黒猫は『ケチ女』とでも言いたげな目で私を暫《しばら》く睨《にら》み、やがてどこかへ歩いていった。

「先輩、見て下さいよこの子。可愛いですねぇ」

田辺《たなべ》さんは毛の長い猫を膝の上に乗せている。

「うん……、かわいい」

田辺さんが首もとを撫《な》でると、どこから出しているのかゴロゴロゴロと音が聞こと答えてきた。

「この猫も美人だろ」

灰色に青い目の気品ある猫を抱え、頬を限界までユルませるのは坂本《さかもと》さん。

田辺さんと二人でお出かけだと思ってたのに、なぜか坂本さんも当然とばかりにやってきて、しかも坂本さんの車で目的地まで移動した。

「なんで坂本さんもいるの？」と田辺さんに訊いたら、「ええ、いいじゃないですかぁ、たまには」と答えを濁《にご》され、そして着いたのが猫カフェだった。

モフモフ絨毯に座卓が並び、そのまわりを我《わ》が物顔で歩く猫達。

ニャーン、ニャーンとひっきりなしに猫の鳴き声が四方八方から聞こえてきて、ちょっとした異空間というか、猫の家に人間がお邪魔してるような肩身の狭さを感じるのは……私だけかもしれない。

正面に座る二人の顔は、ユルユルで今にも溶けてしまいそう。

「田辺さん、あの……なんで猫カフェ？」

「だって先輩には新しい癒《い》やしが必要じゃないですか」

「新しい癒やし？」

「はい」

膝上の猫を撫でるのをやめ、ユル顔を引き締める様子に、私まで背筋を伸ばす。

「坂本先輩に聞いたんです。仁科《にしな》さんと何があったか」

「……えっ⁉」

ちょっと坂本さんいつの間に⁉

瞠目《どうもく》して坂本さんを見ているのに、猫に頬擦《ほおず》りするのに夢中で私に気付いてない。

「水臭いじゃないですか先輩。そんなことがあったのに私に相談してくれないなんて」

「ご、ごめんね」

「あ、違うんです。責めてるわけじゃないんです。すみません。そうじゃなくて、先輩、私が元彼にフラれた時、深夜まで私の話聞いて慰めてくれたじゃないですか。私、本当に感謝してるんです。そのことだけじゃなくて、仕事でいつもフォローしてくれたり仲良くしてくださったり。すごく感謝してて。先輩に何かあったら私もフォローっていうか、助けようって思ってたんです。だから、それができなくてちょっと悔しいっていうか……」と顔を伏せる田辺さん。

「ごめんね……。今回のことは内容が重いというか、ちょっと怖いでしょ。だから、巻き込んだら申し訳ないって思って黙ってたの……。でも、今思えば私が間違ってたかも。田辺さんにちゃんと相談するべきだった」

「いえ、なんか私の気持ちの押しつけみたいになってすみません……」

「ううん、そんなことないよ。むしろ、ここまで気にしてくれてたんだってわかって、嬉しい」

「当たり前じゃないですか。私、先輩のこと大好きですから」

「う、うん、ありがとう」

今ズキューンってきた。

「感動するじゃねーか」

いつのまにか、頰杖をついて私達の会話に耳を傾けていた坂本さん。ユルユルだった表情もいつもの強面《こわもて》に戻っている。

田辺さんに知られてしまったのはいいけど、一体何があってこの話をしたのかと顔を見ていたら坂本さんが口を開いた。

「さっきお前が泣いて走ってった時に田辺があんまりに呆然っていうか、悲しそーな顔してたからな、優しい俺が一緒に飯食ってやったわけ」

「で、先輩最近おかしいですよねって話してたら、坂本先輩が何か知ってる風に話すので問い詰めたんです」

「すんごい気迫で聞いてくるからさ、もう話す以外ないなこれはって」

「そうだったんですね……」

「それにしてもあの仁科さんがストーカーだったなんて……。今でも信じられないです」

「そうだね……」

ストーカーじゃなかったらどれだけ良かったか。

溜息を吐いたら、茶色い猫がやってきて膝の上に乗ってきた。

途端に強張ってしまう体を、猫は全く気にしていない。

「もうストーカー行為はないんですか？」

「うん……。もう何もないよ。盗聴もされてないみたいだし、というかもうあれ以来仁科さんの姿も見てないし」

坂本さんが念のためにと貸してくれた盗聴器発見器で確認したけど、なんの反応もなかった。

心のどこかで盗聴器がまた発見されればいいのに、と私は期待してたりもして、発見器を片付けながら落胆していたのはつい最近のことだ。

「まあきっぱりやめてくれたのならよかったじゃないですか」

「うん、そうだね……」

「仁科さんにはもう癒やされなくなっちゃいましたけど、これから猫ちゃん達に癒やされましょう、先輩」

「猫に……？」

いつの間にか伏せていた視線を上げれば、正面に座る二人はユルユル顔で猫を撫で始める。

「……もしかして猫カフェに連れて来たのって、私のため……？」

「そういうこと。お前、仁科さんに癒やされなくなってからストレス溜め込んでたんだろ？　ピリピリしてるしすぐキレるし肌荒れしてるし、おまけに今日は泣き出して。これは限界きてるなーって思って俺と田辺で猫カフェ行くか、ってなったんだよ」

「……なんで猫カフェ？」

「そりゃあお前、猫ほど癒やされるもんはねーだろ、なあ？」

「はい」

二人して頬擦りを始める姿を眺めながら、苦笑しか出てこない。

「ほら、先輩も撫でて撫でて」

田辺さんに言われ、膝の上の猫を見やる。

『苦しゅうない、許可する』とでも言うように私を見上げている。戸惑いつつも背中を指で撫でた。

「どうですか、先輩。可愛過ぎてもう癒やしの嵐って感じじゃないですか？」

「う、うん……」

茶色い毛並みに沿うようにチロチロ撫でながら、私の頭を占領したのはやはり仁科さんだった。

死ぬ訳でもないのに、走馬灯のように今までの出来事が流れる。ＢＧＭはいつか仁科さんの車内で聞いた、あのしっとりピアノソロだ。

ベランダで一緒にビールを乾杯した事。

その日の出来事を話したら、頑張りましたね凄いですね流石《さすが》ですねと褒《ほ》めてくれた事。

まとまらない愚痴《ぐち》を真剣に聞いてくれた事。

仁科さんに勇気をもらって柏木さんとの関係に一歩踏み込めた事。

危ない所をヒーローのように助けてくれた事。

一緒に晩ご飯を食べた事。

何が面白いのかわからないのに、同時に吹き出した事。

どれも思い出すだけで癒やされるのに、同時に悲しくなる。

チロチロと柔らかい毛を撫でる。

「ニャーン」と気持ち良さそうに猫が鳴く。

「……全然、こんなんじゃ……」

掠《かす》れた声が出た。

「せ、先輩？　どうしました？」

「なんで泣いてんだよ」

どうしましたって。なんでって。自分でもわからない。だけど。

「猫、可愛いけど、全然違うの……。仁科さんの癒やしと全然違うの……。うう……、それに私、猫って……言う程……好きじゃないの……ううううっう、ううううう。ふっううう、うううううう」

「ボロ泣きじゃねーか……」

「……猫カフェ、間違えましたね」

急に何かが爆発して、ただただ泣いてしまう。

猫達もギョッとしたように目を真ん丸にして私を見ているし、膝の上にいた猫も『泣く女はムリだわぁ……』とでも言うようにどこかへ行ってしまった。

泣く私を唖然《あぜん》としながらしばらく見ていた二人だけど、唐突に田辺さんが口を切った。

「じゃあ、もう会っちゃえばいいじゃないですか」

「……へ？」

ピタリと泣き止んで。

「先輩、好きなんですよね、仁科さんのこと」

「えっ、いや、まさか！」

今度は慌てる。

「ス、ストーカーされてたのに好きな訳がないでしょ」

否定してるのに顔が真っ赤になってるんだから説得力に欠ける。

「やっぱそうだったか」

「いやっ、違いますよ！」

「ストーカー被害に遭ったっていうのに、妙に仁科さんへの対応が寛大だなーとは思ってたんだよ。普通すぐに警察に通報するし、家だって引っ越すだろ」

「そ、それは家賃が」

「安いとこなんて探せばあるだろ。お前があの家に居残りたい理由なんて、仁科さんと離れるのが嫌だからってだけだろ」

「でたらめ言わないで下さい」

呆れた、みたいな感じで溜息を吐かないでほしい。

「じゃあなんで、仁科さんと会わなくなった途端、肌荒れして、仕事のミスが増えて、苛々《いらいら》して、急に泣き出したりするんだよ」

「それは、あんな怖いことがあったからです！」

「……さっき猫の可愛さじゃ仁科さんの癒やしにはかなわないみたいなこと言ったの誰だよ……」

「……う」

違う。違う。

好きじゃない。好きじゃない。好きだなんて有り得ない。

だって、ストーカーだよ？

会いたいと思ったり、仁科さんの癒やしを求めている自分は確かにいるし、盗聴器がまたあったら会いに行く口実ができると期待していた私もいたけど、だけど、この気持ちを認めるのは、やばいでしょ。

被害者が加害者を好きになるとか、やばいでしょ。普通じゃないでしょ。おかしいでしょ。

遂に頭を抱え出してしまった私のまわりに、何を感じたのか猫達が集まってきた。

「頑《かたくな》に認めたくないんですね……」

「……まあ、普通はそうだろ。相手はストーカーだぜ？」

「うーん、確かにストーカーしてた男を好きになったって聞いたら、危ない感じしかしませんもんね」

「洗脳されてるか脅かされてるか、って考えるだろ」

私を放っといて会話する二人に、そうだよね、やばいよね……と心の中で同感する。

「でも、私はむしろ勿体《もったい》ないなぁって思っちゃうんですよねぇ」

田辺さんが頬杖をついてポツリと言った。

「勿体ないって何がだよ」

「だって、ストーカーとはいえ、あの完璧な容姿ですよ？　しかも御曹司で若くして課長っていう役職まであって。しかも五年以上も一途に先輩のことだけを想ってたんですよ？」

「偏《かたよ》った重ーい愛だったがな」

「まあ、ものは言いようですが。とにかく、私に言わせれば、ストーカーだったってこと、そんなに気にならなくないですか？」

私も坂本さんもポカーンと口が開いてしまった。

「え、私何か変なこと言いました？」

「言ったよ」

「えっ、そうですか？　坂本先輩は男だから理解しにくいだけですよぉ。そりゃ、私だってストーカーは断固拒否ですよ。気持ち悪いし最低な行いだって思います。でも、相手が好きな人で、しかも超エリートのイケメンなら、まあいいかなぁーってなりません？　ねえ先輩？」

「えっ……」

まあいいかなぁーって……？　……なる……？　なっていいの？　……そう思っちゃっていいの？　……大丈夫なの？　……世間的に許されるの？

田辺さんの言い分は矛盾していてぶっ飛んでいるけど、なんて魅惑的なんだろう……。

いいの……？　……私、このまま諭されてもいいの？

「おーい、蓬田《よもぎだ》？」

「せんぱーい？」

「……ほら、田辺がおかしな事言ったから、動かなくなっちまったじゃねーか」

「えー、私のせいですか？」

「そうだよ。どうすんだよ」

「えー。……じゃあ、もう今からみんなで仁科さんに会いに行きましょうか」

また爆弾発言を投下した田辺さんにハッとして顔を上げると、ニコニコと笑う可愛らしい顔と、「お、悪くないなそれ」と面白いものを見つけたような顔をする坂本さんがいた。

「ニャオーン」

「ニャーン」

猫達までも『さんせーい』と口を揃《そろ》えて鳴いているようだった。

なんで私は田辺《たなべ》さんの提案を断らなかったんだろう。

今になって後悔しても遅いというのに。

「先輩の部屋って思ってたより、なんていうか……」

放っといて。

卓袱台《ちゃぶだい》の前に座ってどことなく呆然としながら部屋全体に視線を回す田辺さんに、独り身のおばあちゃん感しかない部屋の主人として恥ずかしくなってきて背中が丸くなる。

「あ、これ飾ってくれてたんですね」

ランプに手を伸ばす田辺さんは照れたような微笑《ほほえ》みを浮かべているけど。

そこに盗聴器入ってたんだよ、と伝えたら目を真ん丸にして驚いていた。

ドン引きして気持ち悪いとか言うと思ってたのに、田辺さんは「盗聴器取るとき変形しませんでした?」と意外な質問をしてきたし、変形がないことを確認すると満足げに元に戻していた。

「それにしても、仁科《にしな》さん来ますかね」

「さぁ。……ていうか、いいのかな。会ったりして……」

「だめっていうルールはありませんよ」

「……それはそうだけど」

二人で玄関ドアに視線を向けた。

坂本《さかもと》さんが仁科さんを迎えに行くと言って今さっき隣へ行ったのだけど、仁科さんが来るかはわからない。

元ストーカーを自分の家に招き入れるとかどうかしてるから来ないでほしいと思う自分と、やっぱり会いたい話したい癒《い》やされたいと思う私が半々。

来るか、来ないか。固唾《かたず》を呑みながらドアを睨《にら》んでいれば。

「えっ⁉　ふ、藤子《ふじこ》さんが⁉」

仁科さんの声が聞こえた。

間接的に名前を言われただけで、私ってばなんで急に頬が緩んじゃうんだろう。

唐突に田辺さんが玄関に走り、盗み聞きを始めた。

何してるの⁉　と咎《とが》めたくなったけど、気付いたら私も同じように玄関に向かって、聞き耳を立てていた。

「そうそう。もうすぐクリスマスだろ。早めにパーティでもしよっかって話になって」

「クリスマス……」

折角だし早めのクリパすっか！　と坂本さんが提案して、来る途中でスーパーで買い出ししたんだよね……。

卓袱台には買ったものが適当に並んでいる。

「でも僕が藤子さんに会ってもいいんでしょうか……」

「まあ、普通はだめだろ」

「ですよね……」

「けど今回は蓬田《よもぎだ》の方も許可出してるし、元ストーカーの様子も気になるって言ってたしな」

言ってないよ？

「藤子さんが僕のことが気になるって!?」

「再犯に手を染めてないか心配してるんだよ」

言ってませんけど。

「あ……。そういうことでしたら心配ないです。坂本さんに言った通り、藤子さんを困らせる行動はしていません。ああ……、いや、むしろ、僕が隣に住んで息をしているだけでも迷惑で不愉快ですよね」

「まあ、普通はそうだろうな」

「ああっ、僕はやっぱり今すぐ」

「落ち着けって。とりあえず蓬田に近況報告って意味も込めて、一緒にクリパ、どう?」

仁科さんからの返事がない。

気になり過ぎて耳をドアに押し付ける。

「ふ、藤子さんとクリパ……。ク、クリパ……。……あ。ちなみに藤子さんはサンタさんの格好をしてるのでしょうか!」

「してないな」

「あっ、そうですか。それは……」

「で、来るの。来ないの」

「……行きます!」

来るの⁉

仁科さん家《ち》のドアが閉まった音を聞いて、私も田辺さんもワチャワチャしながら卓袱台に走る。

さっきのように座り直せた時、ドアが開き、坂本さんと、その後ろに仁科さんがいた。

って、なんだあの髭《ひげ》とボサボサの髪は。

「藤子さん……お久しぶりです」

「あ……は、はい」

ど、どうしよう。手が震えてきた……。

二人が靴を脱いで上がってくる間に田辺さんが耳元で囁《ささや》く。

「なんですか、あのだらしない色気」

……それは貶《けな》しているの、褒《ほ》めてるの？　……どっち？


「よーし、人も集まったし早速準備始めるか」

「僕は何をしたらいいですか？」

「仁科さんと蓬田は飲み物準備してくれるか？」

「ふ、藤子さんと共同作業していいんですか」

「……蓬田、いいか？」

「えっと、はい。大丈夫です」

感嘆の瞳を向ける仁科さんと目を合わせられなくて、一人で勝手に台所へ行ってしまった。

……ちょっと今の態度は失礼だったかな。……って、元ストーカー相手に優しく接するのもどうなの⁉

「藤子さん」

「つわ⁉」

突然後ろから声が聞こえ、摑《つか》みかけていたグラスを落としそうになった。

「大丈夫ですか」

「だ、大丈夫です」

「僕は何をしたらいいですか？」

「じゃ、じゃあ、このビールを冷蔵庫に入れてもらっていいですか？」

「はい」

六缶入りのケースを持ち冷蔵庫を開ける仁科さんの背中を見ながら、唇をキュッと結ぶ。

私ってば、緊張しすぎ。

心臓がバクバクしてるのは、元ストーカーと話している恐怖から？　それとも癒やしの仁科さんと話しているから？

「次はどうしますか」

「えっ、あー、えっと」

しかもさっき田辺さんも言ってたけど、仁科さんの何日前から剃《そ》ってないのレベルの髭とボサボサ頭が、だらしないのに妙な男の色気を醸《かも》し出しているせいで、直視できない。

元ストーカーが痺《しび》れる程イケメンって、ずるすぎるんじゃないですか。

「じゃあ、このグラスを運んで下さい」

「はい」

グラス四つを載せたお盆を仁科さんに渡し、冷えているビールを四缶、冷蔵庫から取り出し、卓袱台の上に置いた。


「ちょっと早いけどメリークリスマス」

「メリークリスマース！」

坂本さんのかけ声に応えたのは田辺さんだけで、私と仁科さんは黙ってビールの入ったグラスを掲げた。

カチン、コチン、と隣の田辺さんと正面にいる坂本さんとグラスを当て合えば、残るのは元ストーカー。

「か、乾杯」

「藤子さんと乾杯できるなんて、クリスマスプレゼントをもう貰ったような気分です」

「はあ……」

ご褒美をもらった子犬のような顔をする仁科さんへの反応がわからなくて、戸惑《とまど》いながらもグラスを当て合った。

ていうか、いいの？

私、元ストーカーと乾杯してるけど、……いいの？

今更ぐるぐる考えてもしょうがない。だって、もう仁科さんを招いてしまったのだから。

しかも、猫達では癒やされなかった私の心が、今はスポンジのように癒やしを吸収しているのは認めざるを得ない……。

どうしよう、隣に仁科さんがいるのを、嬉しいと思っちゃってる……。

「かけた方が旨いんだって」

「すっぱくなるじゃないですか」

「微量なんだからならねーって」

「微量でもレモンかけたら台無しですよ」

唐揚げにレモンをかけるかかけないかでいつの間にか揉《も》めている坂本さんと田辺さんに、緊張していた意識を持っていかれる。

私は断然、何もかけない派だ。

田辺さんに加勢しようと開いた口は、「藤子さん」と声をかけられ隣へ向く。

「は、はい」

「あの、今日は誘ってくれてありがとうございます」

「いえ……」

「もう藤子さんとはこうしてお話しできないんじゃないかと思っていたので、お誘いをいただいた時、すごく嬉しかったです」

「そうですか……」

「でも、どうして僕を誘ってくれたんですか……？」

「あ、私がそうしましょうって言ったんです」

答えたのはいつの間にかレモン口論を終わらせていた田辺さんだった。

「みんなで仁科さんに会いましょうかーって提案したんです」

「みんなで……？」

「はい。だって、先輩が」

言ったらダメ！　と思わず卓袱台の下で田辺さんの太ももを摑《つか》んでしまった。

田辺さんは一瞬ギクッと肩を揺らし、眼球を転がす。

「あー……、えっと、それはあれですよ。先輩のことストーカーしてた仁科さんに説教しないとって！」

　そんな話はしてないよ田辺さん！

　すると仁科さんは崩していた体勢を正座に変え、膝の上に両手を載せる。

「そういう事だったんですね。でしたら、僕はどんな説教も叱責も甘んじて受ける覚悟があります」

　私達三人がそんな態度に瞠目《どうもく》していると、仁科さんは私を一瞥《いちべつ》する。

「もし希望されるなら鞭《むち》打ちや蠟燭《ろうそく》責めも、藤子さん限定で僕は受ける覚悟もできています！　む、むしろしてほしいです！」

　全員、絶句。

　言葉を失っていると坂本さんが溜息を吐いた。

「……てか仁科さん、そういう発言は蓬田が怯《おび》えるからやめろって言っただろ……って、お前全然怯えてないじゃん」

「え……」

　あれ。……本当だ。

　前はこういう気持ち悪い発言を聞く度にヒィッと悲鳴を上げていたのに、ドン引きこそしたけど恐怖心はない……。どうして……？

　自分自身に首を捻《ひね》っていると、田辺さんが放心していることに気付いた。

もしかして、完璧すぎるイケメンのイメージ像と違い過ぎてショックを受けているんじゃと不安になって背中を擦ると、ハッとしたように私を見て、耳元で早口で囁いてきた。

「仁科さんに蠟燭《ろうそく》責めするの想像したら、なんかグッとくるものがありますね！」

田辺さん……、どんな想像してたの今……？

彼女の頭の中も心配になってきた。

「まあ、とりあえず、説教とかするつもりで誘った訳じゃねーよ。俺も何度か仁科さんと会って話してたけど、反省してるってわかったし」

「え、坂本さんと仁科さん、会ってたんですか？」

意外な情報に目を瞠ってしまう。

「ああ、ストーカーやめるって言っても正直信用ならなかったから、お前には内緒で仁科さんに何回か状況報告みたいな形で会ってたんだけどさ、話してたら意外に楽しくなっちゃって、結構話してたな、俺たち」

「はい。こないだは居酒屋で五時間も話しましたね」

「五時間も⁉」

「えー、私も誘って下さいよぉ」と唇を窄《すぼ》める田辺さんの横で、私は坂本さんをジトリと睨《にら》む。

仁科さんと直接会っていろいろ聞いてたなら、なんで毎日私に何かあったかってしつこく聞いてきたの……。

ジト目に気付いた坂本さんはニヒヒと少年のように笑った。

「まあ、仁科さんも散々気持ち悪い事したから、蓬田がまた心を開いてくれるかは俺にはわからねーけどさ、今日はとりあえず、クリスマスパーティ楽しもうぜ。プレゼントはないけどな！」

改めて乾杯し直して、普通に楽しそうに談笑する坂本さんと田辺さんに私は呆気《あっけ》に取られていた。

ストーカーの加害者に、会いたい話したい癒やされたいと思っていた私もおかしくてズレていると思うけど、この違和感だらけの空間を全く気にしない坂本さんと田辺さんも十分すぎる程ズレていると思う。

いいのかな。これでいいのかな。

腑《ふ》に落ちないけど、でも久しぶりに楽しいと思える一時を過ごしたのは否めない事実だ。

私達は坂本さんの車にあったボードゲームやトランプをしてはしゃいだのだった。

「二人とも、寝てしまいましたね……」

「まさかお酒に弱かったとは……」

規則正しい寝息を立てて畳に寝転ぶ坂本さんと田辺さんを眺《なが》める。

田辺さんはビールを一缶飲み終えた所からふにゃふにゃし始め、坂本さんが買ったヤバそうなチューハイを半分程飲んだ頃から「髭！　その髭はにゃんにゃんれすか！　けしからんのでしゅよ！」と仁科さんに絡み始め、酔い覚ましに水を用意している間に眠ってしまった。

坂本さんは強面《こわもて》の見た目から絶対お酒には強いと思ってたのに、ビール一缶とヤバそうなチューハイを飲み終えた頃から「あ、もう俺だめだわ。あ、もう俺やばいわ」と呟き、田辺さんが眠った数分後に「ちょっとだけ目瞑《つむ》るわ」と言ったきり目覚めない。

もしかするとお酒に弱いのではなく、あのヤバそうなチューハイがガチでヤバいのかもしれない……。

それにしてもまさか二人とも眠ってしまうとは。

ちょっと呆れながらも、風邪を引かれては困るからブランケットをかけておく。

「仁科さんは酔ってないですか？」

「僕は大丈夫です。一缶しか飲まなかったので。藤子さんは？」

「私も一缶しか飲んでないのであまり酔っていないです」

卓袱台の上の使い捨て皿を重ね始めたら、仁科さんも手伝ってくれて、チラッと見上げた顔が思ってたより近くて急に意識してしまう。

「藤子さん」

「……はい」

「片付けを終えたら、一緒にもう一缶だけ飲みませんか？」

「じゃあ……、一缶だけ」

どことなく安堵《あんど》したような笑みを浮かべた仁科さんに胸が鳴ったのを悟られまいと顔を伏せる。

「あ、でもビールにしましょうね」

「はい、ビールにしましょう」

あのヤバそうなチューハイは絶対やめておこう。

「どうぞ」

「ありがとうございます」

冷えたビールを二缶、冷蔵庫から持ってきて、一缶を仁科さんに渡した。

そっとその隣に、少し距離を空けて座れば、同時にプシュと音を立てゴクリと飲む。

うとしている。


「なんか、久しぶりですね」

「はい」

内心は、いいのかいいのか元ストーカーと談笑していいのか⁉　といまだハッキリしない私がいるけど、心のスポンジはまだ足りねぇとばかりに癒やしを吸収しようとしている。

こういう状況になっちゃったのだから、もう話しちゃえ。そうしちゃえ。

悪魔なのかなんなのか、何かが私に囁いた。

「三週間ぶり、くらいですよね。会わなくなってから」

「そうですね……。永遠のように長く感じました」

仁科さんの肩がシュンと下がる。

「あの、ずっと気になってたんですけど、どうして急に髭を伸ばしたんですか？　髪も、なんか寝起きのままって感じですし……」

「これは……。もう身だしなみを整える理由がなくなってしまったので、放置していた結果です」

その理由とやらはあえて聞かない事にする。

「……会社で何か言われませんでした？」

「上司や重役には散々怒られましたが、気になりませんでした。でも、今日藤子さんに誘われると知っていたらきちんと整えていたはずです……。こんなだらしない姿を藤子さんに見せてしまって申し訳ないです」

「い、いえ。……身だしなみは整えて出社した方がいいと思いますよ」

その姿もかっこいいけど、いつもの品のある仁科さんの方が素敵だとは思う。

「藤子さんがそう言うなら、帰ったらすぐに髭を剃ります」

「はあ……。あ、そういえば、鈴木《すずき》さん達が仁科さんの部屋から出る騒音に迷惑してましたよ。何があったんですか？」

「……鈴木さんって誰ですか？」

「……一階に住んでる人です」

「ああ」

仁科さんはビールをまた喉に通した。

「……藤子さんに会えなくなって、気が狂いそうになったんです。あの翌日は部屋の中を走り回ってなんとか気を紛らわそうとしてたんです」

「それですごい足音がしてたんですね……」

「はい……。それからは爆音を流してなんとか気を保ってました」

鈴木さん達は気が狂いそうになってたけどね……。

「そんな理由だったんですね……」

「……ていうのは、半分嘘です」

「へ？」

ビールを飲もうとしていた半開きの口ごと振り向けば、困ったように笑う仁科さんと目が合った。

「本当は、僕の作戦だったんです」

「作戦……？」

「はい。騒音を出せば藤子さんが迷惑に思って、僕の所に注意しに来てくれるんじゃないかって思ったんです。坂本さんに、藤子さんの許可があるまで話しかけない近づかないって約束したので、藤子さんの方から僕の方に来てくれるにはどうしたらいいか考えた結果で……」

「ちょっと、ドン引きで手が震えてきたんですけど」

「ですよね……。僕も今自分で話してて気持ち悪いって思ってます」

はあ、と仁科さんが溜息を吐いた。

「部屋の中を走ってた日の夜にドアをノックされて、藤子さんかもと思って開けたら知らない男性で。どうも足音が煩《うるさ》いから注意しに来たらしいんですけど、特に何も言わず行ってしまったんです。ですが、その時に閃《ひらめ》いたというか……。騒音を出せば、藤子さんが来るかもしれないって……」

「……その男性が鈴木さんです」

「ああ、あの人が」

興味なさそうだ。

「けど、結局どんな音を出しても藤子さんは来なくて、僕自身も爆音に耐えられなくて止めたんです」

苦行だったんかい。

あぶな。口に入れたビールを吹き出す所だった。

「それから二週間は……、苦しかったけど、自分を見つめ直すいい期間になったと思います」

「……なるほど。それにしても、随分正直に話しましたね」

「はい。藤子さんに嘘はもう言わないと決めましたので」

「そ、そうですか」

何キュンとしてるの私は！

缶を口に傾ければ、仁科さんもゴクリと喉を鳴らす。

「藤子さんは、どう過ごしていましたか？　ここ数週間」

「私は……」

会いたいのに会っちゃいけないという葛藤《かっとう》と癒やしのない日々で、狂いそうだった。

　と、いうのが正直なところだけど、言える訳がない。

「……静かに、平穏に……、仕事に集中してました」

「そうですか。平穏、……ならよかったです。仕事忙しいんですか？」

「まあ、年末なのでそれなりに……」

「珍しく肌荒れしてるので、ストレス溜めてるんじゃないかと心配です」

　グサッ。

　肌荒れには触れないで。

「あ。なんで顔を隠すんですか？」

「見られたくないからに決まってるじゃないですか！　男性に肌荒れを指摘されるのが一番悲しいんですよ」

「そ、そんな。藤子さん、でも安心してください！　ちょっと肌が荒れている藤子さんも可愛いですから！」

「かっ、可愛くないですから！」

「何言ってるんですか⁉　こんなに可愛い人がどこにいるっていうんですか⁉」

「そこら辺にうじゃうじゃいますよ！」

　反対側を向いているのに顔を覗《のぞ》こうとしてくる仁科さんを片手で押すと、「ああっ」と悲鳴が聞こえた。

「痛かったですか⁉」

「いえ。藤子さんに肩を押されたので、ちょっと感動してしまって」

「……」

半眼でジッと見ていたら照れたような顔をするから、ビールを飲む事に意識を移す。

それにしても、ドン引きしたのに恐怖心はやっぱりない……。しかも、可愛いの連呼を食らったせいなのか、脈拍も速い。うう……、気持ち悪いのにトキメクってどゆこと⁉

「藤子さんのそういう顔、貴重なのでゾクゾクします」

「……その発言で私はゾワゾワしましたけど……。鳥肌が……」

「あ、本当に鳥肌が……。すみません。藤子さんを不快な気持ちにさせる言動はしないと誓ったのに、藤子さんを前にすると抑制が利《き》かなくて……」

「重症ですね……」

「はい。幸せです」

「……」

幸せって。

啞然《あぜん》としていると、仁科さんは唐突に正座に座り直した。

「藤子さん、ずっと言えなかったんですけど、言わせて下さい」

「……何をですか?」

「六年前、僕の命を助けてくれて、本当にありがとうございました」

「わっ、ちょっと、頭を下げないでくださいっ」

「それなのに、僕は大切な命の恩人を騙《だま》して裏切って悲しませて、怖がらせて……。本当に申し訳ありませんでした!」

耳に心地良いイケボが部屋に響いた。

しんっと静まったその場で、膝の前にあるそのボサボサ頭を眺めていたら、急に撫《な》でてしまいたい欲を抱いてしまった自分に動揺して、『もう過ぎた事ですから』と言うつもりが「ほ、本当に迷惑でしたよ」と言ってしまった。

「ですよね……」

「はい……」

徐《おもむろ》に頭を上げる仁科さんは悲し気な表情だ。

「気持ちが清々するまで殴るなりなんなりして頂いて構いません」

「いや、そこまでは……」

「縄で縛ってもらっても構いません。僕に罰を与えてください。ビンタでも寝技でも」

　寝技⁉

「蠟燭責めでも鞭打ちでも！　ヒールで僕を踏んづけてくださって構いません！　むしろ！　そうしてくだ」

「しませんよ⁉」

「そ……そんな……」

「何で落ち込むんですか。罰っていうよりご褒美になってません？」

「……痛いのは好きではありません。でも藤子さんがするなら……ああっご褒美ですっ」

「……」

　もう仁科さんは普通の人間に戻れない気がしてきた……。

「とにかく、ストーカーのことは確かに嫌な気持ちになりましたし、忘れるなんてこともできませんけど、もう、怒ってる……というわけではありません」

「藤子さん……」

「ひとつ、訊きたい事があるんです」

「なんでも答えます」

「……あの、六年前、……なんで自殺しようと思ったんですか？」

仁科さんは一瞬だけ目を僅《わず》かに見開き、その後、正座を崩してからビールを何口か喉に流した。

「僕の両親が厳しい人だって話をしたのは覚えていますか？」

「はい」

「なんでも完璧に。……それが両親の僕への教育モットーでした。両親は僕が物心つく頃から、いえ、それよりも前から英才教育に余念がありませんでした。僕が長男ということもあり、必死だったのでしょう。幼少期はそれを辛いと思った記憶がないので、恐らく僕はそれを普通のことだと受け止め、親を喜ばす為に幼いながら頑張っていたんだと思います」

英才教育かぁ。そういうのと無縁の人生だったからちょっと憧《あこが》れる響き。

「ですが、十代後半になった頃から、僕は親の過度な期待と方針を重く感じ始めたんです」

十代後半といえば、一般的には反抗期や思春期を迎える、いろいろと神経質になる時期だ。

「それでも、僕はその期待に添えるよう努力しました。行儀作法はもちろん、成績は常に上位をキープ、やりたくもない慈善活動も毎年参加しました。親が決めた人間関係だけを築き、学校も将来の夢も、一日のスケジュールも何もかも、親が決めた通りに僕はやりました」

　仁科さんは手に持っていたビールの缶を卓袱台の上に載せた。

「はやい話が、限界を感じたんですね」

「限界……」

「はい。生きる事に意味を感じられなくなってしまったんです。両親や周りの人達にとって、僕は駒でしかないんだと、感情なんて知った事ではないんだと悟ったら、もう、生きる事がくだらなく思ってしまったんです」

「だから……、死にたくなったんです」と零《こぼ》した声が小さくて、潤《うる》む瞳にまだ危うさを感じて、まだ何か愁《うれ》いを残しているような気がして、思わず肩の後ろを撫でてしまった。

　大丈夫だよ、という気持ちを手の平から送るつもりで。

　仁科さんは驚いているようだったけど、そのうちにどこか悲し気な微笑を浮かべた。

「藤子さんに、自分の人生は自分で操縦しろって言って頂いて、僕は感化されたつもりでいるけど……、結局まだ自分で操縦できていないんだと思います」

「それは、どうしてですか？」

「もう親の干渉はほとんど受けてないですし、生活も自分のやりたいような生活をしていますが、結局、親の敷いたレールの上で僕は生きているから。……父の会社に入社したのも、課長に昇進したことも、自分で決めたこととは言えないですから。……それが一番、親にとっても僕にとっても都合がいいと思ったから……」

親の敷いたレールの上かぁ。

私の場合は、親の作った借金の下で生きてきたって感じかなぁ……って私の事は今は関係ない。

「……こういう時になんて言ってあげたら心が楽になるとか、私には語彙力《ごいりょく》も経験もないのでよくわからなくて。……だから、適当に聞いてもらえたらいいんですけど。……ご両親と仁科さんにとって都合が良かったのではなくて、親子だからこそこういう形になったんじゃないかな、と私は思いますよ」

「親子だから、ですか？」

「親って多分、自分の信念や考え方を子供にも押し付けてしまうんだと思うけど、それは大切だから、大好きだから、なんじゃないかなって思います。……それが正しいのか正しくないのかは、私にも誰にもわからないと思うけど」

伏せていた顔を上げて徐にこちらを向く仁科さん。

「だから、もしかしたら、苦手と思いつつも、仁科さんは親の愛や信念を感じ取っていたから、自分の意志もあって今の会社をえらんだのかなって。つまり、何が言いたいかというと、仁科さんは、仁科さんの人生を操縦してますよ、ちゃんと」

「藤子さん」

笑っているような泣いてるような、その中間の顔で、仁科さんは私を見つめる。

くう……。なんだその顔。可愛すぎる。変質者だったくせに可愛すぎる。

癒やし。

癒やしの粒子が弾け飛んでる。やばい。癒やし。癒やしが。キテるキテる。

求めていた癒やしに頬が緩みそうになった時、仁科さんがいきなり両手を広げてきた。

目を見開いたと同時に私は包み込まれていた。

視界いっぱいに広がるのは仁科さんが着ていたセーターの色、モスグリーン。

仁科さんに……ハグされてる。

「藤子さん！　僕はパイロットになります。僕の人生という名の飛行機の！」

いや、やめて。

この状況で私が吐いた恥ずかしい台詞《せりふ》をキメ込むのはやめて。恥ずかしいを通り越して寒い。吹雪《ふぶき》。寒波。寒い。いや、もうすっごい恥ずかしい。

「って⁉　ああぁっ、すみません！」

勢い良く後退した仁科さんに、ハグと羞恥台詞をかまされた私は、赤面している顔を隠そうと咄嗟《とっさ》に背中を向けた。

「藤子さん、ごめんなさい。お、思わず。藤子さんが聖女の如く優しくて綺麗で可愛かったので、抱きしめざるを得なかったというか、もう正直に言うとただただ抱きしめたくてしょうがなくなってしまって」

「も、もういいので、あの、そこから動かないでください」

まだ赤い顔を覗かれたら困る。

暴れる脈拍を落ち着けようと小さく深呼吸していれば。

「あ、その箱は……」

その声に私の視線が丁度目の前にある箱に向いた。

盗撮写真と日記が入ってる箱だ。

「もう写真の選抜しましたか？」

「いえ……まだ。何度か見てはいるんですけど、まだどれを捨てるか決めてないいんです」

何度か、というか、本当はここ二週間、毎日見てた。

「日記はまだ持ってますか？」

「……はい。五冊ともまだ」

「読みましたか？」

「少しだけ」

嘘。最初から最後まで熟読した。

会えない反動なのか、食い入るようにあのアルバムと日記に目を通していた。

「あの、僕が言う権利はないのはわかっているんですけど、全部傑作なので残していただけるといいなとは思います……」

「……考えておきます」

多分、どれも捨てないと思う。

捨てられない、と思う。

顔の赤みが落ちついてきたと思って、ようやく振り返ったら、思っていた以上に仁科さんが近くにいて、「うわっ」と声を上げてしまった。

「ちょ、ちょっと近いですよ！」

「あ、すみません。体が勝手に……」

ほんの少しだけ後ろに下がって、仁科さんは戸惑うような表情をしながら私を見つめる。

なんか、ドキドキしてくる……。

「藤子さん……」

「なんでしょうか……」

「ずっと、確認したい事があったんです」

「はい」

「僕は、藤子さんの事が好きです。この世で一番、好きです」

「な、なん、なんなんですかいきなり」

「藤子さんは僕のこと、まだ好きですか？」

「……」

脳内爆発。

熱過ぎて毛穴が開きまくっているに違いない。

ていうか、唐突すぎる。直球すぎる。

色気だだ漏れの髭とボサボサ頭と涙黒子《なみだぼくろ》を携《たずさ》えて、真剣な眼差しで私を見ないで。頭がどうかなりそう。体が震えそう。思考がままならない。

「す、好きな訳ないじゃないですか！」

口が勝手に動いていた。正に、そんな感覚だった。

すぐに後悔したから、これは私の本心じゃない……。

「……ですよね。あんなことしたのに、好きでいられるわけがないですよね」

自殺未遂の理由を言った時よりも悲痛な顔をし、無理に笑う仁科さんに、胸が締め付けられる思いがしたのに、ぎゅっと結んだ唇を開く事ができない。

「急に変なこと訊いてすみませんでした」

返事の代わりに、ビールを飲んだ。

「あ、そういえば、お正月は実家に帰るんですか？」

重くなった空気の入れ替えをするように話を変えた仁科さん。一瞬ポケッとしてしまったけど、うんと頷く。

「はい、三十日から五日間は実家とおばあちゃんの家で過ごす予定です。仁科さんは？」

「僕は元日だけ帰る予定です」

「一日だけですか？」

「はい。お互い、その方がいいので」

「……そうですか」

「おそば食べますか？」

「食べると思いますよ。仁科さんは大晦日《おおみそか》は何かするんですか？」

「しないですね。一人で適当に過ごすと思います」

「そうですか……」

あの小さな部屋で一人ポツンと大晦日を過ごす仁科さんを想像したら、胸が痛くなった。

でも私に何かできるわけでもない……。

「それはそうと、田辺さんと坂本さん、どうしましょうか」

「もうこんな時間ですし、明日は会社も休みなので二人とも家に泊めようかなって思ってました」

　すると仁科さんは眉間《みけん》にシワを寄せて首を振る。

「それはだめです。田辺さんはいいですけど、坂本さんを藤子さんの家に泊めるのは断固拒否です！」

「で、でも」

「坂本さんは僕の家で泊めます」

「え、いいんですか？」

「当たり前じゃないですか。演技とはいえ藤子さんを押し倒した人ですよ⁉　油断ならない人ですよ、彼は！」

「……それを仁科さんが言うと説得性に欠けますけど、坂本さんを預かってくれるなら助かるので、お願いしたいです……」

　布団も一組しかないしね。

「任せてください」

「ありがとうございます」

「では、もう遅くなりましたし、僕は坂本さんを連れて帰りますね」

立ち上がって坂本さんを背中に担ぎ上げる仁科さんを目で追いかけながら、名残《なごり》惜《お》しさが胸に広がる。

癒やしを吸収したはずの心のスポンジが、まだくれぇまだくれぇ、もう乾くのは嫌だぁと嘆いている。

「仁科さん……」

「はい。どうしました？」

「あの、……明日また、一緒にビールを飲みませんか……？」

目を瞠る仁科さんの視線に耐えられなくて下を向く。

どうかしてるのはわかる。被害者が加害者を誘うなんて、おかしいのはわかってる。

けど、仁科さんの癒やしがまたなくなってしまうのが惜しくて惜しくて。

「はい。藤子さんがいいのなら」

「……じゃあ、また明日。飲みましょう」

「はい」

「おやすみなさい」

「おやすみなさい」

仁科さんは坂本さんを担いで、部屋を出て行った。

速すぎる心拍数を感じながら、いつの間にかニヤニヤしながら、田辺さんを布団に寝かせた。

いなくなった癒やしのお隣さんが戻ってきた、と寝袋の中で私は歓喜していた。

それに期限があったとも知らずに。

贈り物

癒《い》やしのある生活はやっぱり手放せない。

その癒やしに実は気持ち悪い影があったとしても、手放したくない。


「田辺《たなべ》さん、おはよう。それからメリークリスマス」

「先輩、おはようございます。メリクリですぅ」

日頃の感謝を込めて、有名店のチョコレートと田辺さんが愛用してるらしいフェイスパックのセットを入れたプレゼントを渡す。

「蓬田《よもぎだ》サンタからのプレゼント」

「ええっ！　いいんですか！　わぁ、嬉しいです！　先輩ぃ、ありがとうございます！」

スリスリしてくる田辺さんの喜びように照れてしまう。可愛い後輩だ、全く。

自分のデスクに鞄を置いてマフラーやコートを脱いでいると、田辺さんが傍《そば》に寄ってくる。

「先輩、最近機嫌がいいですよね」

「まあねぇ」

「やっぱりあれですよね。仁科《にしな》さんとまた話せるようになったからですよね」

「うーん、まあ、正直に言っちゃうとそうなんだよね。やっぱり仁科さん、眼福だし優しいいし、癒やしなの」

元ストーカーってことは目を瞑《つむ》って。

「先輩……、恋してるんですね」

「違う違う。恋じゃないよ。好きだけど、そういう好きじゃないから」

「……そこは頑《かたくな》に否定するんですね」

「……だって違うから」

田辺さんが私をジロジロと見る。

「どうしたの？」

「いえ、肌荒れが治っているなと。先輩、肌が綺麗ですよね。羨《うらや》ましいです」

「……田辺さんに言われると喜べない」

「えー、なんでですか」

あなたの方がツヤツヤで思わず触りたくなるような肌だからだよー。

「そういえば、昨日のデートはどうだったの?」

「デートですか? そうですね、イブらしい、かなり良い夜を過ごしました。なのに朝から出勤は辛いですね。……今日が休みだったらよかったのに……」

「そうだね。でも二十九日から休みだし」

「そうですけど……。あ、ちなみに先輩のイブはどうでしたか?」

「私は特に何もしてないよ」

「えー、そうなんですか? 仁科さんとも?」

「うん。一緒にベランダで紅茶を飲んで少しだけ話したけど、それだけ」

お互い寒いからってコートとニット帽を身につけて、ブランケットまで羽織《はお》って、寒いですねと言いながら紅茶を飲んでいた。

「なにか貰ったり、あげたりしなかったんですか?」

「私はあげてないけど、仁科さんからは貰ったよ……」

「え、何貰ったんですか?」

「えーっと……、防犯ブザー」

「……は?」

おお……。田辺さんのこんな顔、初めて見た。

「どゆことですか……。防犯ブザーって……」

「……なんか、僕が直接護る事ができなくなったからって言って、くれたんだけど」

しばらく目を瞬《またた》いていた田辺さんは「仁科さんって……変わってますよねぇ」とポツリと呟き、静かにキャスターを転がし離れて行った。

私も防犯ブザーを手渡された時は同じように目がテンになっていた。

これは何かの冗談？　自虐ネタ？　と、反応にすごく困ったけど、「藤子さんは可愛くて目が合うだけで男を惑《まど》わすような美しさがありますから心配で」とめちゃくちゃに褒《ほ》められて恥ずかしくなって照れて。

「ちょうど、こんな防犯ブザーが欲しかったんです」

思ってもいない事を口にしていた。

しかもそれをちゃんと鞄につけているのだから、私も律儀《りちぎ》というか、警戒心がないというか。

最近まで鞄にＧＰＳが付いてたっていうのに。

定時になって部署を出る前に、坂本《さかもと》さんにもお世話になったお礼にプレゼントを渡した。

「何が入ってんの？」

「開けてからのお楽しみです」

チョコとお酒に合いそうなおつまみをいくつかセレクトしただけで、あんまり大したものじゃないけど。

「肌荒れ、治ってんな」

「……お陰様で」

「はあ、イケメン効果か。いーなー、イケメン。何してもだいたい許されるもんな、イケメンは」

「……」

そんなことないですよ！　って言えない自分が情けない。

けっこうヤバいことしてくれた仁科さんと何事もなかったかのように過ごしているのだから。

「坂本さんも、かっこいいって女子から人気じゃないですか」

「え、そうなの？　誰が言ってた？」

「えーっと……」

誰だったかな。

「適当かよ」

「違いますよ！」

「まあいいわ。とりあえず、元気そうでなにより」

ぽんぽんと頭を軽く叩き、坂本さんはバッグを摑《つか》み部署から出て行った。


仁科さんにクリスマスプレゼントをあげないつもりでいたけど、防犯ブザーとはいえ私だけが貰うのは悪い気がするし、前に利宗《としむね》に高いものをたくさんくれたから、やっぱり何か用意するべきだと駅まで歩きながら考えた。

何を買おうとかと悩んだけど、結局消耗品が一番無難だと思ってデパ地下の人気店でお菓子をいくつか買った。


帰宅して適当にご飯を食べ、寛《くつろ》ぎながらも今か今かと待つのは引き戸の音。

お隣さんがストーカーだったと知っても毎日話す時間を設けているのは尋常じゃないとわかっているのに、もうやめるべきだと思うのに、ベランダで仁科さんの笑顔を見れば、そんな気持ちはどっかに飛んで行ってしまう。

明日も、明後日も、会いたいと思ってしまう。

こういう気持ちを好きっていうんだと気付いているけど、気付かないふり。


引き戸の音が聞こえた。

コートを羽織り、マフラーを巻き、その上からブランケットも羽織る。徹底した防寒。そこまでして話したいのか、と訊かれたら、答えは『Oh, YES』だ。

ベランダじゃなくて部屋で話せばいいのかもしれないけど、それをしないのは、一応加害者と被害者の関係だからと自分自身に言い聞かせている訳で。

全くもって矛盾してるのは、私が一番よくわかってる。

沸かしておいたお湯をティーバッグを入れたマグカップに注ぎ、ベランダに出た。

手すりの外に顔を出し隣を向く。

「こんばんは」

「こんばんは、藤子《ふじこ》さん」

「今日も寒いですね」

「ですね。天気予報では、今夜は雪が降るらしいですよ」

「本当ですか」

上空に雪が見えるわけでもないのに夜空を見上げると、仁科さんも上を向いたのに気付いて彼を盗み見る。

ダウンジャケットに大きめのマフラー。

手に持つマグカップと息から、白くなった空気がホワホワと揺れ上へと舞う。

なんて絵になる。

いつ見ても極上のイケメン。

「何か、顔に付いてますか……？」

「あ、いえ。すみません、えっと、仁科さんってストーカーに見えないなって」

って！　そんなこと言うつもりじゃなかったのに。

「……やましい所を隠しながら五年も生活しましたからね。隠すのだけはうまいんですよ、きっと」

自嘲するような、悲しそうな表情が居たたまれなくて、「ちょっと待っててください」と言い残して部屋に戻り、プレゼントを入れた紙袋を持って再び手すりから顔を出した。

「クリスマスプレゼントです」

「えっ」

「大した物じゃないですけど」

「僕が、藤子さんから貰って……いいんですか？」

「はい。前に利宗にもいろんな物をくださったし、そのお礼もかねて……」

「でもあれは、藤子さんの弟に気に入られようとしてやった僕の浅はかな戦略で……」

「……理由はどうであれ、利宗は喜んでましたし。私じゃあんなに高いのは買ってあげられませんから」

「で、ですが……」

「そんな渋る程良いものではないですから、気軽な気持ちでもらってください」

唾《つば》を飲み込んでゆっくりと腕を伸ばしてくるのがなんだかちょっと可愛らしいと思っちゃって、緩みそうになった口許《くちもと》に力を入れた。

「ありがとうございます。藤子さんからの初めての贈り物……。大切にします」

「あ、食べ物なのでちゃんと早めに食べてください」

「なるほど。消耗品……」

あ、残るものにした方が良かったかも。……保管癖ある人だったもんね……。

仁科さんはお茶を飲んで、暫《しばら》く口を閉じていたけど、ややあってからこちらを向いた。

「藤子さんは、僕の事を許してくださっているんですか？　……どうして僕とまだ、話してくれるんですか」

返答に困って、私も紅茶を飲んで間《ま》をあける。

「前にも言ったじゃないですか。もう怒ってないって。……許してるってわけではないですけど……」

「……ですよね」

「あれですよ。一人暮らしが長いので、誰でも良いから話し相手が欲しい、みたいな」

「なるほど」

「……それに、仁科さんは誰よりも私のことを知っちゃってるじゃないですか。あの、いろいろありましたから」

「……はい。五年もの間、陰ながら見守っていたので……」

ものは言いようだ。

「見守っているじゃなくて、むしろ覗き見ですよね」

「ああ……。その貶《さげす》む眼差し、胸が痛いですけど可愛いです。しゃ、写真……だ、だめですよね。ああ、だめですよね。あの、そうですよね、覗き見……です。……覗き見だと……、一気に気持ち悪くなりますよね……」

顔の半分をマフラーの中に隠してしまった。

その姿にキュンとする程萌えてしまってるから、私も重症だ……。

「と、とにかく、良い意味では隠し事無く話せるというか、気軽に話せるので……。だから、良い話し相手……という感じです」

本当は、そんなもんじゃない。

あんなショックなことがあったのにもかかわらず、癒やされたくて、会いたくて話したくて。

もう誤摩化《ごまか》せない。

好き。理由はそれしかない。

「そうなんですね……」

一言呟いて、仁科さんはお茶を飲んでから正面をしばらく見つめた。

何か考えているような横顔をチラリと盗み見ながら、はぁ素敵かよ、と緩みそうになる頬を戒める。

唐突にこちらを向いて笑顔を向けてきた。

「実は僕もプレゼントがあるんです」

「え？　でも、昨日貰いましたよ？」

「ちょっと待っててください」

「え？　ちょ」

って、行ってしまった……。

唖然《あぜん》としながら温かい紅茶を何口か喉に通す。

ベランダに戻ってきた仁科さんは私が渡した紙袋の代わりに赤い紙袋を持って来ている。

「メリークリスマス」

「……ありがとうございます……」

まさかまた貰うとは。

申し訳ないと躊躇《ちゆうちよ》しながらも、腕を伸ばしてそれを受け取った。

「なかなか、重量がある感じですね」

「開けてみてください。説明もしたいので」

首を傾げながらもマグカップを床に置く。

こういう時、隔《へだ》て板の穴越しに会話できれば楽なのだけど、私がガムテープを貼って貼って貼りまくったから封印されている。

紙袋の中には淡い紫の包装紙。よく見ると藤という漢字が模様のようにプリントされている。

なんか、私専用、といった感じ。こんなの売ってるんだ……。

丁寧に破ると箱があり、それを開けると……、ん、なにこれ。

「防犯グッズです」

キラキラスマイルを浮かべているけど。

「え、昨日も貰いましたよ……。防犯ブザーを」

「一人暮らしの藤子さんにはあれだけじゃ足りませんから。その青い缶は催涙《さいるい》スプレーです」

青い缶を摑《つか》み取る。小さめで持ち易い。

「催涙スプレーってあれですよね、顔に向けてシャーってやる……」

「はい。これは液状タイプなので噴霧タイプより狙い易いです」

「はあ……。この黒い棒はなんですか？」

二十センチ程の黒い棒。先端に丸い小さな玉がある。

「それは護身棒です。相手の急所を狙って突くんです」

「あ、そう言えば警察官がこんなの持ってますよね」

「はい。で、その黒いのがスタンガンです」

「スタンガン⁉」

なんて物騒な！

「これは持ち歩くと法的にアレなので自宅に置いてください。いざ、という時だけの使用で」

「はい……」

本物を見た事すら初めてなのに、自分が持つことになるなんて……。

「あと最後が補助錠です」

「頑丈そうな作りですね……」

「はい。主錠だけでは心配ですので。このアパート古いし」

いや……合鍵作ってた人がそれを言うの？

引きつり笑いを浮かべたら、仁科さんは目を逸《そ》らして困ったように笑う。

「女性の……、ましてや藤子さんのように綺麗で可愛らしくて華奢な方の一人暮らしですから、用心するに越した事はないと思います。大事な藤子さんが犯罪に巻き込まれて欲しくないですから」

口がポカーンと開いてしまうのは、どの口が言ってんのじゃという気持ちと、褒めちぎられた照れからで。

「って、……僕が言うのは間違ってますけど……」

あ……、一応自覚はあったんだね……。

「とにかく、これから……是非活用してください」

「……ありがとうございます」

心苦しそうな表情が気になるけど、おずおずと頭を軽く下げた。

こんな贈り物は初めてだ。

防犯グッズを元ストーカーにもらうなんて。

その後、紅茶を飲みながら私達は談笑して部屋に戻った。

それから私が実家に戻る前日、二十九日まで私と仁科さんのベランダでのティータイムは続いた。

私が帰省したら、その間仁科さんはここで一人で大晦日を過ごすんだと思うと、私も残りたいとか考えてしまったけど、それを実行に移す事はなかった。

「お餅は少しずつ食べてよく嚙んでくださいね」

「家を出る時は火の元、施錠の確認をしっかりしてください」

「こたつで寝たらだめですよ」

仁科さんは前日の夜、まるでお母さんのように私にいろいろ忠告してきた。心配そうな、不安そうな、どこな哀しそうな目で。

「久しぶりの家族団らん、楽しんできてくださいね」

仁科さんも、と言ったら、彼はただ微笑《ほほえ》んだだけだった。

久しぶりに帰った実家は、相変わらず狭くて小さくて古くて汚かった。

それが当たり前で生きてきたから、だからどうってわけでもなかったけど。

利宗が言っていた通り、お父さんもお母さんも前よりリラックスしている感じだった。

借金があと遅くとも五年以内に終わるという目処《めど》が立ったからだと思う。

帰省のお土産《みやげ》として冬のボーナスを入れた封筒を渡したら、その日は一日女王様のように扱ってもらえた。

「藤子様、粗茶でございます」と言って本当に粗茶をくれたり。

「肩を揉《も》みましょう」と言って潰す勢いで揉んでくれたり。

「頭が上がりません」と言いながら私より頭が上にならないように一日ずっと中腰になったり。

「お札の扇子でございます」と言って10000と書いたただの紙切れで扇《あお》いできたり。

まあ簡単に言えば、みんなふざけてそういうことをしてたわけだけど。

小さい頃から金持ちごっこを家族総出でやってたような一家だったから、そういうのを思い出して楽しかった。

おばあちゃん家《ち》で親戚達と過ごす時間もよかった。

親戚の子供たちにお年玉を献上したから財布は泣いたし、「藤子ちゃん、今年は彼氏ができるといいねぇ」とおじさんおばさん達にからかわれたのも泣けてきたけど。

なにはともあれ、良い新年を迎える事ができそうな感じがした。

そんな大晦日《おおみそか》と新年を過ごした私だけど、仁科さんのことはちょくちょく、というか結構な頻度で思い出していた。

一人で大晦日は辛くないだろうかと思って新年の挨拶をメッセージで送ったけど、返事はなかった。

ちょっと意外だった。仁科さんなら絵文字をバリバリ使ってハート乱舞なスタンプまで連続で送ってきそうなのに。

既読にはなってるんだけどなぁ。

そんなこんなで、一月四日の夕方、私はアパートに戻ってきた。

おばあちゃんにもらった大量の漬け物とお餅をお裾分けしようとタッパーに入れて待ってたのに、引き戸を開ける音がいつまで経ってもしなかった。

翌日も、その翌日も、そのまた翌日も。

仁科さんの部屋からは音が何一つ聞こえず、明かりもつかなかった。

気になって電話しても反応がなく、メッセージも既読にならなかった。

最終話

「先輩……？　キーボードが壊れそうですよ……？」

「うん、大丈夫だよ」

「いや、多分そろそろ壊れますよ……？」

ここ数日、田辺《たなべ》さんはこうやって注意してくる。

意識して静かにタイピングしても、いつの間にかタタン！　タンッ！　タタタ、タンッ！　と叩き付けてしまう。

指先からストレスを発散するように。

ドーナツをむしゃむしゃ咀嚼《そしゃく》しながら坂本《さかもと》さんが私の後ろを通過する。パソコンの画面を見たまま手を伸ばしてその腕をガチッと摑《つか》んで止める。

「うわっ、なんだよっ」

「坂本さん。本当に連絡してないんですか？」

またかよ、と迷惑そうに口許《くちもと》を歪める坂本さんを睨《にら》み上げる。

「いつも言ってるけど、連絡しても返事ないんだってば」

「会ってないんですか？」

「てかお前、肌がまた……」

「放っといてください。会ってないんですか？」

「……会ってないって。俺も仁科《にしな》さんがいなくなった理由は知らないって言ってんだろ」

「……そうですか」

腕を放してまたタイピングに戻ると、坂本さんはそのまま田辺さんの元まで進んだ。

「……荒れてるな」

「かなり荒れてますよね」

「あいつのエンターキー死んでたぞ……」

「もう犠牲者《ぎせいしゃ》が……」

「ったく……。仁科さんもなんで急に消えるかねぇ」

ヒソヒソ話す二人を無視して画面を見る双眼を細めた。

仁科さんの失踪から三週間が経っていた。

実家に帰省して戻ってきてから、一度も仁科さんに会っていない。

お正月休みだからどこかに行っているのかもと最初は思っていたけど、会社が始まっても新年ムードがなくなっても、仁科さんは帰ってこなかった。

電話をしてもメッセージを送っても、反応は何一つ返ってこない。

そして先週の土曜日、朝から引っ越し屋さんが来て、仁科さんの部屋の物を全部どこかへ持って行った。

仁科さんはそこに現れなかったし、引っ越し屋さんに訊いても詳細は教えてくれなかった。


私の癒《い》やしのお隣さんが、いなくなった。


毎日が虚《むな》しい。

つまらない。

大事な物を失った焦燥《しょうそう》感。虚無《きょむ》感。

心のスポンジは枯渇《こかつ》していて、ゾンビのように萎《しお》れている。


仁科さん……どこに行っちゃったの？

会社になんて行く気にもなれないけど休むわけにもいかない。ダラダラと服を着替えているとノックの音がした。

まさか仁科さん⁉

大急ぎでシャツのボタンをかけ、玄関までダッシュし、勢い良くドアを開ける。

「おはよー、藤子《ふじこ》ちゃん」

「……おはようございます」

なんだ。大家さんか……。

「これから仕事？」

「はい。どうしたんですか？」

「ああ、実はね、仁科さんから預かりものしてて、すっかり渡し忘れててね」

「仁科さんから⁉」

「う、うん」

「仁科さん、今どこにいるか知ってますか⁉　ていうか、なんで急に引っ越したんですか⁉」

いきなり問い詰める私に大家さんが狼狽《ろうばい》しているけど、それを気にする余裕はなくなっている。

「いやぁ、引っ越しの理由はわからないけど、先月急に部屋を解約したいって言われてね、一年契約だからできないって言ったんだけど、三倍の違約金くれるって言うから喜んで解約したんだよね」

「三倍の違約金……」

「うん。あと隔《へだ》て板を壊したからって修理費もくれたよ」

あれを壊したのは私なのに。

「それで……、何を預かってるんですか？」

「ああ、そうそう。これこれ。はい」

渡されたのは白い封筒。

「本当は引っ越し当日にお願いされてたんだけど、すっかり忘れてたよ。ごめんねえ」

悪びれる事もなくアハアハアハと笑う大家さんにイラッとする。

「ごめんじゃないですよ！　遅すぎるんですよ！」

「ご、ごめん藤子ちゃん……」

って私ってばまたキレてしまった……。仁科さんがいないだけで短気になってる……。

「……怒鳴《どな》ってすみません。これ、ありがとうございます」

ドアを閉めた。


畳の部屋に上がり、ゆっくり正座。

白い封筒を持つ手がちょっと震えていて、一度息を吐き出してから封を切った。

中には手紙があり、綺麗な文字が並んでいる。これは紛れも無く仁科さんの字。

——拝啓、親愛なる藤子様
突然のお手紙をお許し下さい。

明けましておめでとうございます。

藤子さんに直接新年のご挨拶ができれば至福なのですが、それをしてしまうと僕の決意が揺らいでしまうので我慢します。

僕はこの部屋を出ることにしました。

僕の五年間にも及ぶやましい行動が藤子さんに知られ、会えない日々を過ごした時、僕はやっと冷静になって自分の罪と向き合うことができました。

僕は自分自身の行いを恥じ、そして後悔しました。

聖女のように優しい藤子さんはそんな卑《いや》しい僕にまた話しかけてくれましたが、

僕は嬉しさと同時に苦しく、また申し訳なかったんです。

僕みたいに気持ち悪く卑しく浅ましい人間が、藤子さんの隣で生活し毎夜話すなんて、図々しいにも程がありますよね。

藤子さんの気持ちが僕にないのに、僕は藤子さんへの想いを諦める事ができず、藤子さんの優しさに甘んじて隣に居座り続けようと、そんな低俗なことばかり考えてしまうんです。

でもそれでは藤子さんがあまりに不憫《ふびん》です。

心優しい藤子さんに、僕なんかに気を使わせない為にも、僕はここから去る決断をしました。

行動に移すのが遅くてすみませんでした。


僕のした事を綺麗さっぱり忘れることは困難だと思いますが、もう隣に気持ちの悪い男はいませんので、安心して過ごしてください。

藤子さんがいつも幸せでいますように。心から願っています。

防犯グッズは新品で小細工など一切していませんので、どうぞ安心して使ってください。

仁科蒼真《そうま》――

なにこれ。

一方的で勝手だ。勝手すぎる。

爆発しそうな怒りを胸に、乱雑にコートを羽織《はお》り玄関を飛び出した。

交通量の多い道路まで走ってタクシーを捕まえる。

ケチな私が私情でタクシーを利用するのはこれが初めてだ。

「お客さん、どこまでですか？」

「イーグルエースの本社まで、お願いします」

ここなら仁科さんに会えるだろうと思っていたけど、流石《さすが》に会社にまで赴《おもむ》くのはどうだろうと自制していた。

だけど、今はなりふり構っていられない。

それにしても。流石、大手銀行の本社は圧倒されるものがある。

デデン！　と目の前にそびえ立つ建物に怯《ひる》みそうになったけど、意を決して足を踏み入れた。

まっすぐ突き進んだのは受付。

微笑しながらも『誰だこの女』と思ってそうな美人なお姉さんに声をかける。

「すみません。経理課長の仁科蒼真さんを呼んで頂けませんか？」

「失礼ですが、お名前を伺ってもよろしいでしょうか？」

「蓬田藤子《よもぎだ》です」

受付のお姉さんはパソコンの画面に目を通す。

「申し訳ございませんが、蓬田様のお名前での面会予定はありません」

「あの、個人的な用で来たんです。すごく緊急の用で下手をすると取り返しがつかないかもしれない用なんです。迷惑なのは承知してるんですけど、とりあえず私がここに来ているってことを連絡してくれませんか！」

カウンターに身を乗り出して捲《まく》し立てる私に美人なお姉さんもたじろいでしまっているけど、電話を取ってくれた。

いつもならこんな厚かましい態度は絶対とらないし、会社にバレたらクビになるからと大人しくしてるはずだけど。

癒やしのお隣さんに一言、二言三言、言ってやるまでは気がすまない。

「受付の佐々木《さ さ き》です。今蓬田藤子様がいらしてまして、面会を希望されているのですが」

ゴクンと唾《つば》を飲み、行く末を見守る。

「はい。今こちらにいます。……はい、蓬田藤子、様です。……えっと、ちょっと確認します」

戸惑《とまど》う眼差しで私を見る受付の佐々木さん。

「あの、お名前の漢字は藤の花の藤に子供の子でよろしいですか？」

「え……あ、はい。そうですけど……」

「課長。はい、藤の花の藤に子供の子で合ってます。……はい、黒髪で、……肌の白い。……ええ、そうですね。……お綺麗な顔でいらっしゃいますが……」

どんな確認してるの……？

「あの、課長。如何《いかが》されますか？　……仁科課長？」

佐々木さんに「どうなってますか？」と小声で訊いたら困惑した表情で「息が苦しそうです……」と言われた。

「すみません、ちょっと……」

受話器を貸して頂こうと手を差し出したら、佐々木さんも解放されたかったからなのかすぐに渡してくれる。

受話器を耳に付ける。

「仁科さん？」

「ふ⁉　ふーっ⁉　ふ、ふじ、じ、ああっ、ふじ、ふじ、ふじ」

「藤子です」

「あぁっ」

確かに息が苦しそうだ……。

「仁科さん、お昼休憩はいつからですか？」

「……十二時からです」

「じゃあ、十二時に会社のエントランスに来てください」

「それはできません」

「……なんでですか」

「藤子さんには、会えません。会ったら……。会う資格などないですから」

また一方的に。

苛々《いらいら》して盛大な溜息を吐いてしまった。

「十二時に待ってますから。来なかったら貴方《あなた》がした事を拡散しますからね！　絶対来てくださいよ！」

返事も待たずに切ってしまった。

ポカーンと口をあける受付の佐々木さんに「大変失礼しました……」と頭を下げ、いそいそとその場を離れた。

時間まではまだまだあるから、コンビニでパンとコーヒーを買い、近くにあった公園で食べて時間を潰す。

隣のベンチではおじいちゃん二人が年金について語っている。

食べ終えて時間を確認する。まだ二時間以上もあるじゃん……。

そういえば、会社に連絡もしてなかった。

怒鳴られるだろうと覚悟しつつも部長に電話したら、小言は言われたけど怒られる事はなかった。

田辺《たなべ》さんにも今日は休むことをメッセージしたら、すぐに『ゆっくり休んでくださいね！』と返信が届き、続いて可愛いウサギのスタンプも五個連打で送られてきた。

やっぱり田辺さんは可愛い後輩だ。

それにしても、怒りを覚えて衝動的にここまで来てしまったけど、仁科さんは来てくれるのかな……。

会えませんってきっぱり言われちゃったしなぁ。

「藤子さん！」

息が詰まった。

この声は。

目を瞠って振り向けば、走ってくるのは仁科さん。

「あれ、まだ十二時じゃないですよ……」

目の前までやってきた仁科さんは乱れた息を整えようと肩を上下している。急いできたのか防寒着はなく、仕立てのいいスーツのみ。

「探しましたよ」

「な、なんで……」

「こんな寒い中を二時間以上も待たせるなんてできるわけないじゃないですか。風邪引いたらどうするんですか」

「……」

キュン！

「……仕事、抜け出してきたんですか？」

「はい。そんなことはいいんです。藤子さん……、どうして……ここに？」

そうだ。本題に入らないと。

コートのポケットに入れていた手紙を取り出し、仁科さんの顔の前に突きつけた。

タクシーの中で何回も読み直してはぐちゃぐちゃぐちゃに丸めたから、悲惨すぎるほどにシワシワだ。

「これ！　なんなんですか！」

「……手紙です」

「それはわかってますよ。そうじゃなくてこの内容です」

「ど、どこか気に障りましたか？　申し訳ありません」

「違います。そうじゃなくて」

手紙を持つ手を降ろして仁科さんを睨み上げる。

「仁科さんは勝手過ぎますよ。人のこと散々ストーカーしておいて隣にまで引っ越してきて、騙《だま》して信頼させて。それなのにいきなり何も言わないでいなくなって。電話もメッセージも無視して。ずるいですよ」

感情的になってしまって、口から出る言葉がまとまっていない。

仁科さんは辛そうに目を伏せる。

「すみません。僕は本当にずるい人間なんです。こういう形でしか別れられなかったんです。藤子さんの顔を見たら、声を聞いたら、決断が揺らぐと思って」

「……いいじゃないですか、揺らいだって……」

揺らいで、ずっと隣にいてくれたらいいじゃん。

「僕は藤子さんの近くにいる資格がないんです。あのままダラダラと一緒にいては、いけないんです」

「なんで……？」

「僕は藤子さんを騙してストーカーしてたんですよ。こんなに卑怯で下賤《げせん》な男が藤子さんといられるわけがないじゃないですか！　って……え、ああっ……ふ、藤子さん⁉　ど、どうしましたか⁉　ぼ、僕が気持ち悪過ぎましたか⁉」

「ふうう、うう……」

拒絶されているような気がしてきて、泣き出してしまった。

手紙を読んだ時も本当は泣き出したかったのを我慢していて、でもいざ本人を目の前にして手紙と同じ事を言われると耐えられなくて。

「仁科さん、ホントに勝手で一方的過ぎますよっ。私が、どうしたいか、訊いてくれたっていいじゃゃ、ないですかっ！　ううう、うう……」

「藤子さん……」

「ストーカーしてたとか、騙してたとか、ううぅ……、だから資格がないだとか言われたらっ……うううっ、じゃあっ、そんな人を好きになってしまった私の気持ちはどうなるんですかっ！」

滲《にじ》む視界にいる仁科さんは瞠目《どうもく》し、息を呑む。

「藤子……さん？」

「仁科さんに癒やされる時間をっ、ううう……急に失った私は、どっ、ううう……、どうしたらいいですか？　仁科さんがいないと、短気になって、苛々して、仕事も集中できなくてっ、ううう、精神が崩壊しそうなのにっ」

「藤子さん、あの……」

「こんなっ、こんな体にしたのは仁科さんなのに……。こんな体にしといてっ、勝手にいなくなるなんてっ、ひどすぎるんじゃないですかっ！」

目を見開いたまま私を見る仁科さん。

おじいちゃん達が「なんと……昼間から大層な話じゃ……」「詳しく聞きたいものじゃ」と向こうで話している。

「僕が藤子さんを……そんな体にしたんですか……」

声にすると咽《む》せてしまいそうで黙って頷く。

「藤子さんは僕が好きなんですか……？」

またコクリと頷いた瞬間、かき込むように抱きしめられた。

向こうでおじいちゃん達が「ぬおお……」「むおお……」と呻《うめ》いている。

「……藤子さん、いいんですか？　……僕を好きなんて言っていいんですか？　撤回するなら今のうちですよ」

耳元で聞こえる声は痺《しび》れる程に良い声で、ゾクゾクしながらも「いいんです。好きなんです」と告げる。

抱きしめる腕に一層力が籠《こも》った。

「本当にいいんですね。僕の箍《たが》を外したらとんでもないですよ？」

「だいたい予想はつきますから大丈夫です」

「藤子さんが引くくらい、藤子さんのこと褒《ほ》めて褒めて褒め倒しますよ？」

「もう散々ドン引いてるので免疫はついてます。大丈夫です」

「ずっと触って離しませんよ？」

「それは……ちょっと新しいですけど、仁科さんなら嫌じゃないです。大丈夫です。というか、嬉しいです」

「……」

仁科さんの心臓の音が聞こえる。

ドクドクドク、と速い脈拍。多分私のも同じ速度で波打っているはず。

鼻を啜《すす》ると、仁科さんの顎が耳元に動いた。

「藤子さん、今日の夜、空いてますか？」

「はい……空いてますけど」

「仕事が終わったら迎えに行くので、待っててくれませんか」

「……どこかに行くんですか？」

「はい。連れて行きたい場所があります。僕の事、待っててくれますか？」

どこに行くんだろうと不思議に思いながら、鼻声で「待ってます」と答えた。

また、ぎゅう、と抱く腕に力が入る。

寒いから暖かいし、仁科さんの香りは落ち着く。

「もう会社に戻らないといけません」

「はい。……すみません。急に会社まで来ちゃって……」

「いいえ。仕事なんてどうでもいいんです。藤子さんが来てくれて良かった」

「どうでもいいって。仮にも課長ですよ？」

「もう働きたくありません。藤子さんをずっと抱きしめていたいです」

顔が見えないのをいいことに、ニヤニヤデレデレと頬が緩んでしまう。

「今日、夜待ってますから。仕事頑張ってきてください」

本当は私もこのままでいたい。だって三週間も癒やしのない日々を過ごしてたんだから。

枯渇した心のスポンジを元に戻すには、もっともっと時間が必要。だけど、そろそろまわりの視線も気になるところなんだよね。

そこのベンチに座るおじいちゃん達と、向こうで子供を遊ばせてるママさん達の視線、ここに全集中してますからね。

「藤子さん」

「はい」

「僕の藤子さん」

「はいはい」

「セメント運んでる人がここで転んで僕たちを固めてくれたらいいのに……」

「……」

考え方がなぁ……。

このままじゃ埒《らち》があかないと思って、自分から仁科さんと離れた。

「蒼真さん！　仕事に戻ってください。夜に私の事を迎えにきてください」

「藤子さん……」

「ふ、藤子さん！　僕の名前をっ！」

瞳を輝かせる仁科さんにニコリと微笑《ほほえ》んで頷くと、「はい！　必ず迎えに行きます！」と笑って、会社がある方へ走って行った。

可愛いなぁもう……。

デレデレしてたらベンチに座っているおじいちゃん達に「いいもん見してもらいましたわいっ」「若い頃を思い出したわいっ」と絡まれ、「フォッフォッフォッフォッ」と笑われて、ようやく恥ずかしくなって誤摩化《ごまか》すように会釈《えしゃく》しながら、その場を去ったのだった。


夜。

仁科さんが連れて来てくれたところは神社だった。

木々に囲まれ、こぢんまりとしている。

外灯が二つあるだけでちょっと不気味な雰囲気もあるけど、神秘的と言い換えればそんな感じもする無人の神社。

「藤子さん、寒くないですか？」

「大丈夫です。ホッカイロのお陰で」

仕事が終わったので今行きます、とメッセージが送られ、数十分後に家に来た仁科さんは、外に行くから貼ってくださいとホッカイロを六個くれた。

背中に二つ、お腹に一つ貼ってきたから、じんわりと温かい。

「ところで、どうしてここに？」

「この神社は隠れた名所なんです」

「名所……というと？」

「先に参拝しましょう」

「……はい」

なんか仁科さんの表情がちょっと硬い。

何かあるのかなと首を傾げながら賽銭箱《さいせんばこ》の前に二人で並んだ。

仁科さんが財布を取り出す。

「僕が二人分納めますね」

「あ、はい。ありがとうございます」

お財布を置いてきてしまったから助かる。……って、え、……む？　……私の視力が正常なら、仁科さんが取り出したお金はお札で、しかもゼロが四つあって、しかも、三枚⁉

「三万も入れるんですか⁉」

「はい。これだけじゃ足りない気がします」

「え⁉」

これがお金持ち界の常識なのか仁科さんがズレているのか、よくわからない困惑で口を開けている間に、仁科さんは三万円を丁寧な所作で賽銭箱の中に落し入れた。

「藤子さん、手を合わせてください」

「は、はい……」

なにがなんだか。

とりあえず言われるまま手を合わせておく。

三万円があったらアレが買えるコレが買えると考えていると、隣から「よろしくお願い致します」と呟く声。

「……何かお願いしたんですか」

「はい。僕と藤子さんの永遠の愛を誓いました」

「……へ？」

「そして今後も見守ってくれるようにお願いしました」

ポカンと口を開ければ、ニコリと微笑するイケメン。

「この神社は縁結びの神様が宿っていて、ここで恋人が参拝すると末永い関係を築けると言われているんです」

「ああ、なるほど。そういう事だったんですね」

仁科さん、そんなお願いしてたんだ。なんかくすぐったい感じ。

それにしても永遠の愛っていうのは。

「あの」

急に畏《かしこ》まった表情をしてくるから、何かを感じ取って私の背筋も伸びる。

「藤子さん」

「はい」

仁科さんの片手がコートのポケットに入り、小さくて黒い箱を取り出す。

……これって、まさか。

パカ、と開けたその箱の中には小ぶりながら一粒ダイヤのプラチナリング。


「僕の妻になってくれませんか」
プ、プロポーズ。
交際期間、数時間にして、プロポーズ。


指輪と仁科さんを交互に見る。

いいのかいいのか、元ストーカーと結婚してもいいのか⁉　と戸惑う私はどこにもいない。

答えはもちろん。

「なります」

だ。

我ながら呆れる程、即決。

「本当ですか！」

「はい。でも随分いきなりですよね。まだ交際らしいこともしてないのに……」

「それはこれからたくさんします！」

「はあ……」

「それに、夫婦になってしまえば別れる時に面倒な手続きがあり、簡単には離れられないですから」

満面の笑みで言った夫になる男。

怖いよ。

と思ったのはほんの一瞬で、ニヤニヤしてデレデレしてルンルンしてしまったのだから、私はもう完全に仁科さんの手に落ちてしまっているんだと思う。

伊達《だて》に元ストーカーじゃないと言うべきか、指輪のサイズはピッタリだった。

「どうしてサイズがわかるんですか？」

「教えたらドン引きすると思うので、内緒にさせてください」

「……わかりました」

「藤子さん、婚姻届がここにありますので、もう書いてしまいましょう」

「えっ！　今⁉」

「はい」

急だな。すごく急いでるな。

流石五年もストーカーしてた男だ。私を捕まえて手放す気はないらしい。

なんて考えちゃったらムフフのデレデレのニマニマなのだから、はぁ……私もズレてるのかも……というか完全にズレてる。

それでも漲《みなぎ》る幸福感と、早速賽銭箱前の階段にしゃがみ空欄を埋めている仁科さんへの愛しさは本物だと思う。

私も隣に座って、必要事項を書き進んでいった。

「縁結びの神様の前で藤子さんと婚姻届が書けるなんて。夢に見ていた事が現実になるなんて……」

「夢に見てたんですね」

「はい。結婚は藤子さんとだけと心に決めていましたから」

「それはそれは」

内心はキュンキュンのデレデレなのに、素っ気ない反応をしてしまった。

そう言えば、仁科さんに勝手だとか一方的だって咎《とが》めてしまったけど、仁科さんは私の気持ちを何度か訊いてくれていた。

それを私が、彼が元ストーカーだからという理由で気持ちを告白するのを躊躇《ちゆうちよ》し続けたから、こんなに遠回りになって。

って……いや、でも……好きな人が元ストーカーって冷静に考えてもやっぱヤバいから、……普通誰でも躊躇するよね？　戸惑うよね？　……うん、私は悪くない。

だけど、彼の過去がどうであれ、私は仁科さんをもう手放したくはない。


「蒼真さん」

「はい」

「妻へのストーカー行為は禁止ですからね」

「そ、それはわかっています。藤子さんの嫌がる事は絶対しません。命に代えても！」

「……堅そうな決心ですね」

「はい」

「それから蒼真さん」

「はい」

「……ずっと私の隣にいてくださいね」


ハニカミながらも小声で言えば、仁科さんは束《つか》の間《ま》唇を震わせ、その次にはハグをしてきた。

私はしばらく抱きしめられていた。

はあ……癒やし。
心のスポンジも水滴が滴《したた》り落ちるくらいタプタプ。
私の癒やしのお隣さんは、やっぱり仁科さんだけだ。

エブリスタ
国内最大級の小説投稿サイト。

小説を書きたい人と読みたい人が出会うプラットフォームとして、これまでに200万点以上の作品を配信する。

大手出版社との協業による文芸賞の開催など、ジャンルを問わず多くの新人作家の発掘・プロデュースをおこなっている。

https://estar.jp

協力：株式会社アムタス　めちゃコミック編集部

この作品は、小説投稿サイト「エブリスタ」の投稿作品「癒やしのお隣さん」に加筆・修正を加えたものです。

著者紹介
梅澤夏子（うめざわ　なつこ）
小説投稿サイト「エブリスタ」で「癒やしのお隣さん」を投稿。同作が2021年に『癒やしのお隣さんには秘密がある』（漫画：嶋伏ろう）としてコミカライズされ、「めちゃコミック」で電子配信中。

ＰＨＰ文芸文庫　癒やしのお隣さんには秘密がある

2023年7月21日　第1版第1刷

著　者　梅　澤　夏　子
発行者　永　田　貴　之
発行所　株式会社ＰＨＰ研究所
東京本部　〒135-8137 江東区豊洲5-6-52
文化事業部　☎03-3520-9620（編集）
普及部　☎03-3520-9630（販売）
京都本部　〒601-8411 京都市南区西九条北ノ内町11
PHP INTERFACE　https://www.php.co.jp/
組　版　有限会社エヴリ・シンク
印刷所　大日本印刷株式会社
製本所　東京美術紙工協業組合

 ISBN978-4-569-90328-6

PHP文芸文庫

転職の魔王様

額賀 澪 著

この会社で、この仕事で、この生き方で――本当にいいんだろうか。注目の若手作家が、未来の見えない大人達に捧ぐ、最旬お仕事小説！

PHP文芸文庫

京都 梅《うめ》咲《さき》菖蒲《あやめ》の嫁ぎ先

望月麻衣 著

父の命で京都の桜小路家に嫁ぐことになった菖蒲。冷たい婚約者、異能を持つ名家の因縁、暗躍する能力者……。和風ファンタジー開幕！

PHP文芸文庫

天方家《あまがたけ》女中のふしぎ暦《こよみ》

黒崎リク 著

奥様は幽霊？　天涯孤独で訳ありの結月が新しく勤めることになった天方家には、奇妙な秘密があった。少し不思議で温かい連作短編集。

PHP文芸文庫

金沢 洋食屋ななかまど物語

上田聡子 著

洋食屋の一人娘・千夏にはずっと想い人がいた。しかし、父は店に迎えたコックを婿にしたいらしく……。金沢を舞台に綴る純愛物語。

PHP文芸文庫

天国へのドレス

早月葬儀社被服部の奇跡

来栖千依 著

故人と遺族の願いを聴いて、人生最期に着る服を作る――フューネラルデザイナーの女性と葬儀社の青年が贈る、優しい別れの物語。

PHP文芸文庫

喫茶ソムニウムの優しい奇蹟

お代はあなたのお悩みで

忍丸 著

悩みを抱える人が訪れると小さな願いを叶えてくれるという喫茶店・ソムニウム。そこへ来店する人々に起こる奇蹟を描く、連作短編集。

PHP文芸文庫

京都西陣なごみ植物店～4

仲町六絵 著

「植物の探偵」を名乗る店員と植物園の職員が、あなたの周りの草花にまつわる悩みを解決します！ 京都を舞台にした連作ミステリーシリーズ。

PHP文芸文庫

第7回京都本大賞受賞の人気シリーズ

京都府警あやかし課の事件簿〜7

天花寺さやか 著

人外を取り締まる警察組織、あやかし課。新人女性隊員・大にはある重大な秘密があって……？　不思議な縁が織りなす京都あやかしロマンシリーズ。

PHP文芸文庫

後宮の薬師《くすし》(一〜二)

平安なぞとき診療日記

小田菜摘 著

父から医術を学んだ一人の娘が、薬師として後宮へ。権力闘争に明け暮れる宮廷で起こる怪事件に、果敢に挑む! 平安お仕事ミステリー。

PHP文芸文庫

すべての神様の十月(一~二)

小路幸也 著

貧乏神、福の神、疫病神……。人間の姿をした神様があなたの側に!? 八百万の神々とのささやかな関わりと小さな奇跡を描いた連作短篇シリーズ。

PHP文芸文庫

ペンギンのバタフライ

中山智幸 著

時間を遡れる坂、二年後からのメール……時間をテーマにしたちょっと不思議で、小さな奇跡が大きな感動を生むハートフル・ストーリー。

PHP文芸文庫

猫を処方いたします。

石田 祥 著

怪しげなメンタルクリニックで処方されたのは、薬ではなく猫⁉ 京都を舞台に人と猫の絆を描く、もふもふハートフルストーリー！

PHP文芸文庫

伝言猫がカフェにいます

標野凪 著

「会いたいけど、もう会えない人に会わせてくれる」と噂のカフェ・ポン。そこにいる「伝言猫」が思いを繋ぐ？　感動の連作短編集。